1

Рэна столкнулась с ним в коридоре как раз в тот момент, когда собралась идти ужинать.

Она ожидала увидеть в этом доме кого угодно, но только не молодого привлекательного мужчину.

В первое мгновение она испугалась. Реакция была столь же неожиданной, сколь и нелепой. Но она ничего не могла поделать: дыхание стало прерывистым, сердце пустилось вскачь. Почувствовав внезапную слабость, она прислонилась к стене, чтобы не упасть.

— Привет! Кажется, я вас напугал?

Его загорелое, чуть обветренное лицо осветилось улыбкой. Уголки губ поползли вверх, брови изогнулись и приподнялись. Рэне показалось, что они вот-вот скроются под волнистыми прядями каштановых густых волос, небрежно падающих на лоб.

«У этого типа просто возмутительно неотразимая улыбка!» — подумала Рэна, с досадой чувствуя, как бешено стучит сердце.

— Н-нет, — ответила она, слегка заикаясь.

— Разве тетя Руби не сообщила вам о прибытии нового постояльца?

— Да, но я...

Она запнулась, едва не сказав, что скорее уж ожидала увидеть перед собой дряхлого старичка в шерстяном джемпере и с трубкой в зубах, чем загорелого красавца, чьи плечи почти перегородили проход. Она даже представляла себе добродушную улыбку этого милого, оставшегося, увы, лишь в ее воображении, старичка. И в этой улыбке не было ничего общего с той, что расцвела на красивом лице незнакомца. Так улыбаются плейбои и легкомысленные прожигатели жизни, уверенные в своем неотразимом обаянии.

Не переставая улыбаться, он поставил на пол коробку с пластинками и кассетами, которую все это время держал под мышкой, и протянул ей руку.

— Трент Гемблин.

Рэна значительно дольше, чем позволяли приличия, хранила молчание. Затем нехотя подала руку и промямлила:

— Меня зовут мисс Рэмси.

Когда она наконец осмелилась посмотреть ему в глаза, он улыбнулся еще шире, на его лице появилось выражение веселого удивления. Следовало срочно поставить этого наглеца на место.

— Я могу вам чем-то помочь, мистер Гемблин? — сухо поинтересовалась Рэна.

— Надеюсь, что сам управлюсь, мисс Рэмси.

Улыбка исчезла, но в глазах, в этих бездонных озерах цвета кофейного ликера, все еще искрились озорные огоньки.

Мысль о том, что он, очевидно, находит ее нелепой и смешной, заставила девушку оторваться от стены и гордо выпрямиться.

— Простите, но я должна спуститься в столовую. Руби очень сердится, когда опаздывают к ужину.

— Наверное, мне тоже следовало бы поторопиться. Направо или налево?

— Что, простите?

— Какая из комнат моя — справа или слева?

— Ваша слева.

— А ваша, стало быть, справа?

— Да.

— Что ж, будем надеяться, что я не перепутаю двери и однажды вечером не ворвусь по ошибке к вам. — Он оценивающим взглядом окинул ее с головы до ног. — Сами понимаете, что в этом случае может произойти.

Да он просто издевается над ней!

— Увидимся за ужином, — холодно сказала Рэна и, гордо вскинув подбородок, направилась к лестнице.

Трент прижался к стене, уступая ей дорогу. Однако места все равно оставалось так мало, что Рэна просто не могла пройти, не коснувшись его. Конечно, он подстроил это специально! Она спиной почувствовала его дерзкий, насмешливый взгляд.

Спускаясь по лестнице, она просто кипела от злости. Если бы он только знал!

При желании мисс Рэмси легко могла бы ослепить его, ошеломить, заставить замереть от восхищения. Ей ничего не стоило стереть снисходительную усмешку с этого безупречно красивого лица...

Не дойдя до конца лестницы три ступеньки, она внезапно остановилась и покачала головой, удивляясь себе. И как только подобная мысль могла прийти ей в голову? Все это осталось далеко позади, в ее прошлой жизни. Но почему же именно сейчас, после знакомства с новым постояльцем пансиона миссис Руби

Бейли, ей вдруг захотелось стать такой, как прежде, той Рэной, какой она была еще полгода назад?

Нет, это невозможно! Она сожгла за собой все мосты и знала, что не может себе позволить вернуться к прежней жизни даже на время, даже просто ради того, чтобы поставить на место этого самонадеянного Трента Гемблина.

Стать прежней Рэной — красавицей и топ-моделью, которая купалась в лучах всемирной славы, а втайне от всех мучилась неуверенностью в себе, вновь пережить всю эту боль? Нет, ни за что! Она добровольно отказалась от известности, от роли суперзвезды, и сейчас ее вполне устраивала та скромная жизнь, которую она вела. Ей нравилось быть просто мисс Рэмси, обыкновенной, ничем не примечательной постоялицей одного из пансионов города Галвестон.

Правда, пансион миссис Руби Бейли едва ли можно было назвать обыкновенным — уж слишком необычной была его хозяйка. Когда Рэна зашла в столовую, Руби как раз зажигала свечи в центре обеденного стола, который в честь нового постояльца был сервирован к праздничному ужину.

— Черт! — воскликнула Руби. Задув спичку, она тщательно осмотрела ногти, покрытые темно-красным лаком. — Я чуть было не испортила себе маникюр!

Возраст миссис Руби Бейли оставался для окружающих загадкой. Выдавали его разве что несколько устаревшие обороты, которые время от времени проскальзывали в колоритной речи хозяйки. Довольно часто общаясь с Руби, анализируя то, что от нее слышала, Рэна смогла вычислить, что миссис Бейли должно быть за семьдесят.

Позвонив по объявлению о сдаче жилья, опубликованному в городской газете Хьюстона, Рэна не могла и вообразить, что пансион содержит такая яркая, колоритная личность.

Следуя инструкциям, полученным в коротком телефонном разговоре, Рэна быстро нашла нужный адрес. С трудом сдерживая восторг, она подошла к зданию в стиле Викторианской эпохи, ровеснику города Галвестон. Казалось, ни многочисленные ураганы, ни само время нисколько не затронули его. Дом стоял поодаль от дороги на зеленой тенистой улице, по соседству с другими недавно отреставрированными зданиями. Рэне, привыкшей к высотным зданиям Манхэттена и прожившей десять лет в одном из них, показалось, что она совершила путешествие во времени, вернувшись на сто лет назад. Это ее вполне устраивало, и она очень надеялась, что ей удастся договориться с хозяйкой.

Первое, что бросилось Рэне в глаза, — прическа миссис Бейли. Ее седые волосы не были собраны в унылый пучок, как того можно было ожидать. Напротив, коротко подстриженные, вьющиеся, они выглядели так, будто их владелица только что вышла из модного парикмахерского салона. Худая, как тростинка, женщина ничем не напоминала тех пухлых матрон, какими становятся многие ее ровесницы. Она прекрасно себя чувствовала в джинсах и ярко-красном свитере под цвет герани, произрастающей рядом с крыльцом, и это окончательно разрушило тот образ, который сложился у Рэны после телефонного разговора.

— Эх, откормить бы вас как следует, — сказала миссис Бейли, осматривая гостью с ног до головы. Взгляд карих глаз хозяйки пансиона, все еще способных очаровать любого мужчину, был серьезным и внимательным.

— Проходите. Пожалуй, мы начнем с сахарного печенья и чая из трав. Вы любите травяной чай? Я его обожаю! Он лечит все — от зубной боли до запора. Так что если вы будете питаться сбалансированно — а именно такую пищу я вам собираюсь готовить, — вы забудете, что такое проблемы с желудком.

Дело решилось к общему удовольствию, и комнату на втором этаже Рэна уже считала своей.

Позднее Рэна заметила, что в свою вечернюю чашечку травяного чая Руби никогда не забывала добавить добрую порцию виски «Джек Дэниелс», но эту маленькую слабость она хозяйке прощала. Как простила сейчас и то выражение, которое появилось на лице Руби, когда та увидела свою постоялицу спускающейся по лестнице.

— А я-то было понадеялась, что хоть сегодня вы приведете себя в порядок. У вас такие роскошные волосы! Вы никогда не пробовали убрать их с лица, сделать высокую прическу? — резонно заметила миссис Бейли.

«Рэна, детка, такие красивые скулы нельзя закрывать! Открой их, похвастайся, дорогая.

Я уже вижу, как ты убираешь назад свои густые волосы, и они роскошным ореолом обрамляют твое личико и каскадом спадают по спине. Встряхни-ка головой, дорогая! Вот, что я тебе говорил! Боже, какая красота! Клянусь тебе, скоро каждая захолустная парикмахерская обзаведется твоим портретом...» — так говорил когда-то Рэне один модный парикмахер, к которому ее привел Мори. Воспоминания заставили ее улыбнуться.

— Мне нравится и так, Руби.

Миссис Бейли настаивала, чтобы к ней обращались по имени, это помогало ей забыть о своем возрасте.

— Как красиво вы сервировали стол!

— Спасибо, — ответила Руби и тут же огорченно вздохнула: на рукаве платья собеседницы темнело засохшее пятно краски. — Кстати, у вас еще есть время переодеться.

— А разве так важно, что на мне надето?

— Да в общем-то нет, — с грустным видом пожав плечами, смирилась Руби. — В любом случае вы надели бы что-нибудь такое же невзрачное и бесформенное. Я бы и хоронить себя не позволила в подобном наряде, а я ведь старше вас лет на тридцать. Я уверена, мисс Рэмси, что стоит вам хоть чуть-чуть постараться, и вы станете настоящей красавицей. — Руби никогда не обращалась к Рэне, как и к остальным постояльцам, по имени.

— Мне все равно, как я выгляжу.

Лишенные какой бы то ни было элегантности туфли на плоской подошве; мешковатое платье; тяжелые, безжизненно свисающие пряди волос; огромные круглые очки, уродующие худое лицо девушки, — зрелище это навевало на миссис Бейли тоску.

— Вы уже познакомились с Трентом? — удержавшись от дальнейших замечаний, спросила Руби.

— Да, я встретила его наверху.

В карих глазах Руби блеснул озорной огонек.

— Милый мальчик, не правда ли?

— Честно говоря, я не думала, что он такой... молодой.

«Молодой и слишком привлекательный для того, чтобы жить с ним под одной крышей, — добавила Рэна про себя. — Только бы он меня не узнал!»

— Мне кажется, вы говорили, что новый постоялец — ваш родственник?

— Племянник, дорогая, племянник. Он всегда был моим любимчиком. Сестра его ужасно баловала, и я, конечно, ее за это ругала. Но она, как и все остальные, ничего не могла с собой поделать. Перед этим ангелочком еще тогда не могла устоять ни одна женщина. Когда он позвонил и сказал, что ему необходим приют на ближайшие три недели, я поворчала немного, намекнула, что мне это жутко неудобно, но на самом деле очень обрадовалась. Как хорошо, что он приехал!

— Так он здесь всего на три недели?

— Да, потом он уедет обратно в Хьюстон.

«Несомненно, он разводится, — мелькнула мысль у Рэны. — Этому племянничку Руби наверняка нужно место, где можно отсидеться, пока не завершится бракоразводный процесс».

Конечно, пусть старушка думает, что этот Трент — ангел небесный, но Рэна с первого взгляда поняла, кто скрывается за маской мистера Обаяние, — нахальный, самонадеянный плейбой и бабник. Ей меньше всего хотелось, чтобы их пути пересеклись. Что ж, такой мужчина, как Трент Гемблин, вряд ли станет обращать внимание на бесцветную, дурно одетую мисс Рэмси.

— Боже, как вкусно пахнет!

Бархатный мужской голос заставил девушку вздрогнуть, а тут и сам Трент появился из-

13

за портьеры, закрывающей дверной проем. От его уверенных шагов жалобно заскрипели деревянные половицы, зазвенели стеклянные безделушки и посуда. Загорелые сильные руки — с такими можно было бы смело идти в натурщики к самому Микеланджело — легли на плечи Руби.

— Тетушка, а чем вы нас накормите? — нежно проворковал Трент.

— Отпусти меня, медведь, — притворно возмутилась Руби, выскальзывая из его объятий. Однако ей не удалось скрыть радости, засветившейся в ее глазах при появлении любимого племянника.

— Садись и веди себя прилично. Надеюсь, ты помыл руки?

— Конечно, тетушка, — послушно ответил Трент, едва заметно подмигивая Рэне.

— Будь хорошим мальчиком, и я разрешу тебе сидеть во главе стола. Мисс Рэмси нальет тебе рюмочку хереса, если ты вежливо попросишь ее об этом. Простите, но я должна ненадолго вас покинуть — пора подавать горячее.

Трент обернулся и, улыбаясь, проводил глазами ее хрупкую фигурку, облаченную в нечто голубое и шуршащее.

— Чудесная у меня тетушка, а?

— Да, согласна с вами. Я ее обожаю.

— Она пережила трех мужей, и никому из них не удалось погасить ее неуемный темперамент. — Трент покачал головой, словно недоумевая, как у нее это получается, и одновременно восхищаясь ею. — Где вы обычно сидите?

Рэна подошла к привычному месту, но не успела она взяться за спинку стула, как Трент подлетел к ней из другого конца комнаты и с грацией истинного кавалера отодвинул стул.

Рэну приятно поразило, что Трент оказался намного выше ростом, чем она. Она всегда считала себя высокой, но, даже если бы она была в туфлях на шпильках, ей все равно пришлось бы смотреть на него снизу вверх.

Наконец Рэна опустилась на стул из розового дерева с изогнутой в форме лиры спинкой, а Трент занял место во главе стола.

— Вы давно здесь?

— Полгода.

— А до этого где жили?

— В восточной части Штатов.

— Я бы не сказал, что у вас техасский выговор. — Трент широко улыбнулся.

Рэна не смогла удержаться от улыбки.

— Не могу с вами не согласиться.

Чтобы не смотреть на собеседника, Рэна сделала вид, что занята изучением причудливого узора на серебряной ложке.

— Вы были знакомы с постояльцем, который занимал мою комнату до меня? — спросил Трент.

— Вы имеете в виду предыдущего гостя?

— Гостя? — Он чуть недоуменно приподнял брови.

— Дело в том, что Руби называет нас гостями, поскольку слово «постоялец» ей кажется слишком официальным.

— А, понятно.

Небрежно расстегнутый воротник его рубашки открывал взору загорелую мускулистую шею и часть груди. При виде темного треугольника кудрявых волос Рэна почувствовала, как ее охватывает приятное чувство невесомости.

— Вы познакомите меня с распорядком дня? Когда у нас отбой? — снова обратился к ней Трент.

«Ну вот, опять он за свое», — раздраженно подумала Рэна. Она знала многих мужчин, которые в отношениях с женщинами всегда упорно гнули свою линию, и надо сказать, у некоторых это получалось лучше, чем у ее нынешнего собеседника. Эти игры, в которых мужчина — охотник, а женщина — добыча, казались Рэне утомительными и глупыми. Ее возмущала любая попытка навязать ей подобную роль.

Неужели Трент Гемблин решил всерьез заняться такой малопривлекательной особой, как мисс Рэмси? Но зачем ему это? Ответ пришел незамедлительно: Рэна была единственной женщиной в этом доме, не считая Руби. Неисправимый ловелас — это первое, что приходило в голову при встрече с таким мужчиной.

— До вас эту комнату занимала вдова, ровесница Руби. Она была нездорова. Когда ей стало хуже, она переехала поближе к своей семье, в Остин, — коротко объяснила Рэна.

Взяв бокал с водой, девушка дала понять, что до прихода хозяйки разговор можно считать завершенным. В комнате неожиданно стало как-то необычно жарко. Рэна не хотела признаться себе, что виной тому — присутствие Трента Гемблина. Наверное, Руби просто забыла отрегулировать кондиционер, постаралась успокоить она себя.

Забыв о просьбе тетушки быть хорошим мальчиком, Трент подпер подбородок рукой и стал с нескрываемым интересом разглядывать мисс Рэмси.

Сколько ей может быть лет? Она не выглядит старой — разве что чуть за тридцать. Как странно, что с виду здоровая и явно неглупая женщина подвергает себя добровольному заточению в пансионе тети Руби, каким бы уютным и гостеприимным он ни был. Что послужило причиной такого отчаянного поступка?

Может, семейная драма? Или разбитое сердце? Возможно, ее бросили у алтаря? В любом случае ее привела сюда какая-то трагедия.

Мисс Рэмси напоминала ему школьную учительницу из девятнадцатого века: худое лицо, прямые волосы, которые в мерцании свечей приобретали какой-то волшебный, необычный оттенок. Лишенное изящества серое платье полностью скрывало фигуру мисс Рэмси даже от его опытного глаза. Она не пользовалась косметикой, и Трент отметил нетипичный для рыжеволосых женщин оливковый оттенок кожи. Взглянув внимательнее, Трент понял, что ошибся: волосы у нее были не рыжие, а цвета красного дерева, с красивым матовым блеском.

Ее на удивление изящные руки не переставали вертеть серебряную ложку. Коротко ост-

риженные ногти длинных пальцев не были на-
крашены. Трент считал себя крупным специа-
листом в области женских духов, но сейчас не
ощущал ни одного из пятидесяти знакомых
ему запахов. Слегка затемненные очки не позволяли определить цвет глаз собеседницы, и
это его раздражало.

Рэна не находила себе места под присталь-
ным взглядом Трента, и ее беспокойство не
осталось незамеченным. «Да, этой бедняжке
явно необходима встряска, чтобы почувствовать истинный вкус жизни. Так почему бы не
помочь ей? — подумал он. — Тем более что
других развлечений в этом доме все равно не
предвидится».

— Мисс Рэмси, скажите, что вас заставило
поселиться здесь?

— Это вас не касается.

— О! Вы со всеми так вежливы?

— Нет, только с теми, кто имеет привычку
совать нос не в свое дело.

— Но, мисс Рэмси, я же здесь новенький.
А новеньким всегда все прощается.

Надо сказать, что миссис Бейли не зря гордилась своим племянником. Его действительно можно было назвать очаровательным, осо-

бенно когда он, словно обиженный ребенок, надувал губы.

— Налить вам хересу? — Рэна приподняла хрустальный графин.

— Вы, наверное, шутите. А пива нет?

— Не думаю, чтобы у Руби водилось пиво.

— Но виски-то у нее точно есть.

— Я не знаю... — Рэна смутилась.

— Да ладно, мисс Рэмси, я же член семьи. Вы можете со мной говорить откровенно, — сказал он, придвигаясь поближе. — Неужели наша старушка все еще потягивает тайком свой «Джек Дэниелс»?

Прежде чем Рэна успела сообразить, что на такой провокационный вопрос ответить, в дверях появилась Руби, толкая перед собой тележку с серебряной посудой.

— Вот и ужин! Вы, наверное, умираете от голода. Простите, что задержалась, но я ждала, пока допекутся булочки.

Трент все еще тихо посмеивался над замешательством Рэны.

— Трент, прекрати хихикать, — отругала его Руби. — Ты всегда был самым невоспитанным ребенком в семье и вечно за столом смеялся без причины. Выпрямись, пожалуйста, и займись хоть чем-нибудь полезным — например, разрежь мясо. Мисс Рэмси любит средне прожаренное. Положи ей кусок побольше и не обращай внимания на ее протесты. Мне удалось немного ее откормить, но она все равно еще очень худая.

Наконец Руби заняла свое место.

— Ну вот, как хорошо! Как уютно в доме, когда все собираются за обеденным столом!

Пытаясь не обращать внимания на взгляды Трента, который, очевидно, оценивал степень ее худобы, Рэна размышляла, удобно ли отказаться впредь есть вместе со всеми.

У Трента оказался неплохой аппетит. Съев по две с половиной порции каждого блюда, он поднял руки вверх, как бы сдаваясь:

— Пожалуйста, тетя Руби, не надо больше. Я не хочу набрать лишний вес.

— Ерунда! У тебя растущий организм. Не могу же я отправить тебя в летний лагерь дистрофиком.

Услышав это, Рэна чуть не подавилась и глотнула воды. Глаза слезились, но она тем не менее не стала снимать очки.

— Дорогая, с тобой все в порядке? — забеспокоилась Руби.

— Да-да, — сказала Рэна, с трудом проглатывая кусок. Придя наконец в себя, она посмотрела в сторону Трента и поинтересовалась: — А не слишком ли он большой для летнего лагеря?

Найдя это замечание крайне забавным, Трент и Руби от души рассмеялись.

— Речь идет о летних сборах, — объяснила Руби. — Разве я вам не говорила, что Трент — профессиональный футболист?

— Кажется, нет, — смущенно ответила Рэна, расправляя салфетку на коленях.

— Так вот, Трент играет в команде «Хьюстонские мустанги», — гордо заявила Руби, кладя худенькую руку на мускулистое плечо племянника. — Он самый главный игрок в команде.

— Понятно.

— А вы не любите футбол, мисс Рэмси? — поинтересовался Трент. Его слегка раздражало, что на Рэну сообщение тети не произвело ни малейшего впечатления. Между прочим, некоторые спортивные критики называли Трента чуть ли не лучшим защитником в профессиональном футболе, ставя его в один ряд с такими звездами, как Старр и Стобах.

— Я в этой игре почти совсем не разбираюсь, мистер Гемблин. Но сейчас я, конечно, знаю о футболе больше, чем минуту назад.

— То есть?

— Теперь, например, я в курсе, что футболисты ездят в летний лагерь на сборы.

На лице Трента расцвела довольная улыбка. У мисс Рэмси определенно есть чувство юмора, что может значительно облегчить его дальнейшее пребывание в этом доме. Кроме того, Трент с трудом припоминал, когда в последний раз он ужинал в такой приятной, уютной обстановке. Ему не надо было стараться произвести благоприятное впечатление на тетю Руби — она и так от него в восторге. Что касается мисс Рэмси, то никаких дополнительных усилий здесь также не требовалось — Трент был уверен, что любой оказанный ей знак внимания не останется незамеченным. Бедняжка, видимо, была не избалована вниманием мужчин.

Впервые за многие годы расслабиться и быть самим собой в чисто женской компании — такое ему удавалось нечасто.

— Как твое плечо, Трент? — обеспокоенно спросила Руби и поспешила объяснить мисс Рэмси: — Понимаете, он получил травму и отказывается лечиться. У него вывих плеча.

— Не вывих, тетушка. Растяжение.

— Ну хорошо, растяжение так растяжение.

Доктор прописал ему покой, велел уехать подальше, оставить привычный круг общения, воздержаться от каких бы то ни было бурных развлечений. Необходимо, чтобы плечо зажило к поездке на сборы. Правильно я говорю, дорогой?

— Правильно, тетушка.

— И сильно болит? — вежливо поинтересовалась Рэна.

Трент пожал плечами:

— Да, иногда. Особенно когда перенапрягаюсь.

Сказав это, Трент нахмурился — вспомнился последний визит к врачу.

— Это чертово плечо никак не заживает, — жаловался ему Трент. — А я должен быть в отличной форме к летним сборам!

Кусая губы от досады, он вновь и вновь возвращался к одной грустной мысли: если в этом сезоне он будет играть так же, как в предыдущем, тренер начнет искать ему замену.

Обманывать самого себя Трент не любил, да и не умел. Ему уже стукнуло тридцать четыре. В этом возрасте из профессионального футбола уходят. Как хотелось отыграть еще один хороший — нет, отличный — сезон! Трент не желал покидать команду с опущенной головой, под перешептывания товарищей: «Он уже выдохся, но просто не может с этим смириться». В глубине души он был уверен, что есть еще порох в пороховницах. Нет, он приведет в порядок плечо и покинет большой спорт в лучах славы. Только так, и никак иначе.

— Больше не приходи ко мне с жалобами, — строго сказал тогда доктор. — Том Тэнди рассказал мне, что плечо ты потянул, играя в теннис. В теннис, черт побери! Ты что, с ума сошел?

Вздрогнув от боли, когда доктор ощупывал плечевые мускулы, Трент попытался оправдаться:

— Мне было необходимо поработать над подачей.

— Знаю я, над какой подачей тебе надо было поработать. Том также довел до моего сведения, как ты обрабатывал клубного тренера, женщину. И отнюдь не на теннисном корте.

— Хорошие же у меня друзья!

— Они тут ни при чем, это твоя вина. Послушай, дружище, — сказал доктор, подвигаясь поближе, — твое плечо никогда не придет в норму, если ты будешь вести подобный образ жизни. Согласен — сейчас межсезонье, и ты заслужил право покутить. Но ты должен решить, что́ для тебя важнее — следующий сезон или та нескончаемая холостяцкая вечеринка, на которую стала похожа твоя жизнь. Кем ты хочешь быть: защитником команды — обладательницы Кубка кубков или просто бабником?

В тот же день Трент позвонил тете Руби.

«Это было единственно правильное решение», — думал он теперь, откинувшись на спинку стула и потягивая душистый кофе из фарфоровой чашечки. Ему действительно нужен отдых — нормальный режим и регулярное питание. Именно этого он ожидал от каникул в Галвестоне. С тетей Руби не придется скучать — в этом он был уверен, вспоминая, как еще мальчиком приезжал погостить к ней.

А что касается мисс Рэмси, то она может оказаться даже забавной, если станет проще ко всему относиться. Так почему бы ему не помочь ей в этом?

— Чем вы зарабатываете на жизнь? — вдруг спросил Трент.

— Трент! Что ты себе позволяешь? — возмутилась Руби. — Неужели твоя мать никогда не учила тебя правилам хорошего тона? Или ты слишком долго общался с этими неотесанными мужланами — твоими товарищами по команде?

— Мне просто интересно. — Обезоруживающая улыбка снова осветила его лицо. — Если мы с мисс Рэмси собираемся... жить под одной крышей, то, по-моему, мы должны лучше узнать друг друга.

Взгляд темных глаз скользнул по ее телу, словно прожигая насквозь ее широкое платье, с единственной целью: узнать, что скрывается под ним. Ощущение было довольно необычным. По какой-то необъяснимой причине ей было приятно узнать, что ее новый сосед не скрывается от неприятных процедур, сопутствующих бракоразводному процессу, хотя это ни в коей мере не означало, что он холостяк.

Она даже испытывала к нему нечто вроде жалости. Достаточно хоть немного разбираться в профессиональном спорте, чтобы понять, чем может закончиться для спортивной карьеры такая травма, как растяжение плечевых мышц.

Однако когда Рэна поймала на себе очередной взгляд нового постояльца — взгляд хищника, выслеживающего добычу, — чувство сострадания мгновенно улетучилось, и его место заняла неприязнь, а вместе с ней вернулось решение держаться от Трента подальше.

— Я — художник, — сухо ответила она.

— Художник? А на чем вы рисуете — на холсте или на стенах?

— Ни на том, ни на другом. — Рэна сделала глоток кофе, выдерживая театральную паузу. — Я расписываю ткани.

— Ткани? — удивленно переспросил Трент.

— Да, ткани, — ответила Рэна, пристально глядя на него из-за затемненных стекол.

— Она гениальна, — весело вмешалась в разговор Руби. Весь вечер она надеялась, что Тренту удастся заставить мисс Рэмси расслабиться, но этим надеждам не суждено было сбыться: уже с самого начала ужина Рэна замкнулась еще больше обычного.

— Ты бы видел ее работы! — с энтузиазмом продолжала Руби. — Она трудится с утра до ночи, хотя я ей настоятельно рекомендую почаще выезжать, общаться с ровесниками.

— Вы работаете здесь, в доме? — спросил Трент, не отрывая от Рэны глаз.

— Да, я оборудовала одну из комнат моего номера под мастерскую. Там, где хорошее освещение.

— Я очень плохо в этом разбираюсь. — Вытянув ноги под столом, он случайно задел мисс Рэмси. Рэна поспешно отодвинулась. — Расскажите поподробнее: как расписывают ткань? Какую? Что при этом используют?

Рэна улыбнулась — ей был приятен такой интерес.

— Я покупаю одежду и ткани на складе, затем вручную наношу оригинальный узор.

— Разве такая... одежда пользуется спросом? — Трент скептически усмехнулся.

— Поверьте, мистер Гемблин, я не бедствую, — выпалила Рэна, рывком отодвигая стул и поднимаясь. — Спасибо, Руби. Ужин был, как всегда, превосходным. Спокойной ночи.

— Неужели вы покинете нас так рано? — забеспокоилась хозяйка, заметив резкую перемену в настроении мисс Рэмси. — Я надеялась, что мы еще выпьем по чашечке чая в гостиной.

— Простите, но сегодня я очень устала. До завтра, мистер Гемблин.

Холодно кивнув ему на прощание, Рэна гордо прошествовала через столовую.

— Черт возьми! — проворчал Трент. — Какая муха ее укусила?

— Трент, не будь грубияном! — воскликнула Руби. — Подожди! Что ты?.. Куда ты...

Не обращая внимания на удивленные причитания тетушки, Трент резко встал и вышел с таким же недовольным выражением лица, с каким покинула столовую мисс Рэмси.

Тренту ничего не стоило догнать ее — он поравнялся с Рэной как раз в тот момент, когда она была у лестницы.

— Мисс Рэмси!

Его голос прозвучал в ее ушах подобно пожарной сирене — громко и властно.

Уже занеся ногу на ступеньку, Рэна застыла и обернулась.

Не успела она опомниться, как Трент оказался рядом.

— Вы так поспешно ушли, что не дали мне возможности выразить, насколько приятно мне было ваше общество.

Несмотря на то что он с трудом сдерживал ярость, в его голосе слышались обволакивающие бархатные нотки. Ни одна женщина не уходила так просто от Трента Гемблина.

— Я очарован вами, мисс Рэмси, — сказал Трент и галантно поцеловал ее руку.

Рэна чувствовала себя так, будто кто-то ударил ее в солнечное сплетение. Выдернув руку, она холодно кивнула и стремительно зашагала вверх по лестнице.

Поглядев на довольную улыбку вернувшегося в столовую Трента, Руби строго сказала:

— Что-то не нравится мне твое выражение лица.

Трент сел и налил себе кофе из серебряного кофейника.

— Мисс Рэмси — недотрога, старая дева, но от этого она не перестает быть женщиной.

— Надеюсь, ты не собираешься выходить за рамки приличий, а будешь относиться к моей гостье в высшей степени уважительно. Она хорошая женщина, но уединение ценит превыше всего. За все время, что она провела здесь, мне ровным счетом ничего не удалось узнать о ее личной жизни. Наверное, с ней приключилось какое-то несчастье. Пожалуйста, не обижай ее.

— Да мне бы такое и в голову не пришло! — сказал Трент с улыбкой, которую едва ли можно было назвать искренней.

Однако Руби не сомневалась в правдивости его слов, поскольку души не чаяла в своем племяннике.

— Ну вот и договорились. А теперь будь хорошим мальчиком — пойдем со мной на кухню. Пока я буду мыть посуду, ты расскажешь мне, чем занимался последнее время.

— Даже о самом неприличном?

Руби хихикнула и потрепала его по щеке.

— Об этом — в первую очередь.

Следуя за тетушкой на кухню, Трент все еще думал о мисс Рэмси. Как, кстати, ее зовут? От него не ускользнуло то, что ее одежда, которую постеснялась бы надеть даже бродяжка, скрывала потрясающе грациозную фигуру. Мисс Рэмси обладала гордой осанкой. Ее руки нуждались в маникюре, но были изящными и хрупкими. Непонятно почему, но ему доставило огромное удовольствие коснуться ее губами, несмотря на огрубевшую кожу и легкий запах краски и растворителя.

А тем временем наверху, в апартаментах, занимающих все восточное крыло, Рэна готовилась ко сну. Уже полгода она почти не подходила к зеркалу, но сегодня внимательно разглядывала свое отражение в высоком старинном трюмо.

Покидая Нью-Йорк, она при росте сто семьдесят три сантиметра весила чуть больше пятидесяти килограммов. Благодаря кулинарным изыскам хозяйки и буквально принудительному кормлению за последнее время она поправилась на четыре с лишним килограмма.

Конечно, на первый взгляд она все равно казалась худой, но плавный изгиб бедер, чуть располневшая грудь делали Рэну более женственной.

Изменения коснулись и ее лица. Четко очерченные скулы, придававшие неповторимое очарование лицу Рэны, фотографии которого не сходили с обложек ведущих журналов мод, теперь были обрисованы мягче.

Рэна сняла очки — прятаться сейчас было не от кого. Из зеркала на нее смотрела пара зеленых, как изумруды, глаз. Именно они когда-то заставили тысячи женщин скупить всю новую коллекцию теней для век под названием «Лесные самоцветы». Искусный макияж делал эти глаза неотразимыми. Да и сейчас, без косметики, их правильная миндалевидная форма привлекала взгляд. Пожалуй, если она все еще хочет оставаться неузнанной, без очков не обойтись.

Заставив себя улыбнуться, Рэна заметила, что передние зубы чуть заметно искривились. Узнай об этом Сюзан Рэмси, мать Рэны, ее бы точно хватил удар.

Сколько денег она извела, чтобы сделать дочери голливудскую улыбку! Если бы Рэна надевала специальную пластинку каждый вечер, как ей советовали врачи, ничего подобного не случилось бы. А теперь четыре передних зуба снова лезли друг на друга.

Рэна щеткой отвела от лица тяжелые пряди волос. Тряхнув головой и, как ее учили, откинув назад пышную гриву, снова взглянула в зеркало. Вот он, ее прежний неповторимый образ, так хорошо известный по сотням фотографий в журналах и на рекламных щитах. Темно-каштановые волосы по-прежнему обрамляли редкой красоты необычное лицо. Но то, что она увидела в зеркале, было лишь жалким подобием прежней Рэны. Однако и этого оказалось достаточно, чтобы оживить грустные воспоминания.

Желтые от никотина пальцы приподняли подбородок, поворачивая ее голову то так, то этак, чтобы осмотреть лицо в разных ракурсах.

— Я бы сказал, что у нее слишком... слишком экзотическая внешность, миссис Рэмси. Она, безусловно, красива, но... не похожа на типичную американку. Да, дело именно в этом. У нее не американский тип внешности.

— По-моему, в модельном бизнесе типичных американок и так много, — с явным негодованием сказала миссис Рэмси. — Да, моя девочка не похожа на других. В этом и состоит ее главное достоинство.

Ни представитель модельного агентства, ни зевающий от скуки фотограф, ни даже мать Рэны — никто не заметил, что у Рэны грустный вид. Объяснялось это просто: ей очень хотелось есть. Мысли о чизбургере так и лезли в голову, не давая покоя пустому желудку. Она пыталась отогнать от себя гастрономические картинки, зная, что, кроме салатных листьев, заправленных низкокалорийным соусом, ей вряд ли перепадет что-то еще.

— Простите, — сказал агент, сгребая в кучу глянцевые фотографии Рэны и вручая их Сюзан Рэмси. — Она, безусловно, хороша собой, но нам не подходит. Вы не пробовали обратиться к Эйлин Форд? Ей удалось раскрутить Эли Макгроу, хотя та тоже темноволосая и темноглазая.

Засунув фотографии обратно в сумку, Сюзан схватила дочь за руку и устремилась к выходу. В лифте она достала листок бумаги с длинным списком и вычеркнула из него указавшего им на дверь агента.

— Не расстраивайся, Рэна. Есть в Нью-Йорке люди и поумнее, чем этот придурок.

Пожалуйста, не сутулься. И в следующий раз постарайся почаще улыбаться.

— Я не могу улыбаться, когда устала и хочу есть. Если помнишь, я съела утром только тост и половинку грейпфрута, а мы весь день мотаемся по городу. У меня болят ноги. Мы можем остановиться где-нибудь, присесть и нормально пообедать?

— Еще пара собеседований, и все, — рассеянно ответила Сюзан, просматривая список модельных агентств.

— Но я устала!

Лифт доехал до первого этажа, и Сюзан раздраженно вылетела из открывшихся дверей.

— Ты, Рэна, просто эгоистка и вечно капризничаешь. Я помогла тебе развестись с мужем-неудачником. Я продала дом, чтобы собрать необходимую сумму на переезд в Нью-Йорк. Я жертвую собой ради твоей карьеры. А в благодарность за все это слышу только твое постоянное нытье.

Рэна промолчала. Она была совершенно равнодушна к модельному бизнесу — сделать из дочери топ-модель страстно желала Сюзан Рэмси. Решение о продаже дома также приняла ее мать, а брак Рэны распался опять же из-за ее постоянного вмешательства.

— Следующее собеседование через пятнадцать минут. Если ты сделаешь мне одолжение и поторопишься, мы будем на месте через пять минут. У тебя как раз хватит времени поправить макияж. И пожалуйста, улыбайся! Никогда не знаешь, что на них может подействовать. Кто-нибудь обязательно оценит тебя по достоинству.

Этим «кем-нибудь» оказался Мори Флетчер — толстый, лысеющий, неопрятный и дурно воспитанный агент, чей офис находился далеко не в самом престижном районе города. Его имя стояло в самом конце списка Сюзан. Однако именно Мори сумел как следует разглядеть за спиной решительной миссис Рэмси ее девятнадцатилетнюю дочь. В желудке Мори что-то перевернулось. Вряд ли причиной тому был сандвич из забегаловки за углом. Если такого умудренного опытом профессионала, как Мори Флетчер, тронули эти глаза и это лицо, то прочая публика уж точно придет от Рэны в восторг.

— Садитесь, пожалуйста, мисс Рэмси, — сказал он, отодвигая для Рэны стул.

Слегка ошеломленная, Рэна уселась и незамедлительно скинула туфли. Увидев это, Мори улыбнулся, и Рэна ответила ему улыбкой.

Через два дня контракт был готов, тщательно изучен Сюзан и наконец подписан. Но это было только начало.

Следующие несколько месяцев оказались сущим адом. Воспоминания о них заставили Рэну сжаться и отвернуться от зеркала, чтобы отражение не напоминало о прошлом.

Натянув старенькую майку, исполняющую обязанности ночной рубашки, Рэна подошла к окну и прислушалась. До нее донесся уже привычный ее уху рокот волн. Мексиканский залив находился всего в нескольких кварталах от дома миссис Бейли.

В густых зарослях настойчиво выводил свою партию оркестр цикад и сверчков. Рэна не переставала удивляться этим звукам, таким непохожим на гул многомиллионного города, который врывался в ее окно на тридцать втором этаже в Ист-Сайде. Причудливо обставленная уютная спальня дома Руби нравилась Рэне куда больше, чем шокирующий модерн интерьера ее собственной квартиры в Нью-Йорке. В доме Руби Рэна наконец обрела покой, который теперь ценила превыше всего.

В этот вечер она была настолько взволнована, что долго не могла уснуть, мысленно вновь и вновь возвращаясь к новому постояльцу, с которым ей предстояло жить по соседству. Он оказался до смешного типичным, да к тому же не слишком искушенным ловеласом. Но, как ни странно, Рэне было не до смеха.

Лишь одно обстоятельство успокаивало — в его руках мог оказаться скорее журнал «Спортс иллюстрейтед», чем «Вог». К тому же нынешняя мисс Рэмси вряд ли походила на модель, снимающуюся в рекламных роликах косметических фирм. И едва ли кто-то мог предположить, что неуловимая и прекрасная Рэна объявится в скромном пансионе города Галвестон.

Трент, надо сказать, с немалым чувством поцеловал ей руку. Конечно, им руководило желание отомстить. Сможет ли она жить под одной крышей с таким человеком?

«Буду его игнорировать», — попыталась солгать себе Рэна. На самом же деле она с трепетом ожидала, когда на лестнице послышатся его шаги, и гадала, чем же он сейчас занимается. Устав от бесплодных волнений, Рэна взбила подушку и попыталась не думать о Тренте Гемблине. Задача оказалась не из легких: засыпая, она то и дело вспоминала улыбку, так удивительно преображавшую его лицо, а ее рука, казалось, все еще чувствовала тепло его губ.

2

Cледующее утро началось с того, что, выходя из комнаты, Рэна чуть не наступила на Трента, отжимавшегося от пола прямо в коридоре.

— Ой! — вскрикнула она, хватаясь за сердце. Трент вскочил:

— Доброе утро.

Первым желанием Рэны было нырнуть обратно в свою комнату и захлопнуть дверь, избежав таким образом соблазна полюбоваться полуобнаженным мужским телом.

На нем были только короткие нейлоновые шорты, да и те сползли ниже талии, открывая взгляду пупок. Пропитанные потом шорты так плотно облегали тело, что форма и размер всего того, что они скрывали, перестало быть для Рэны тайной. Что же, следовало признать, Трент был хорош во всех отношениях.

Несмотря на все попытки смотреть исключительно на лицо Трента, взгляд Рэны постепенно сползал вниз.

— Доброе утро, — наконец выдохнула Рэна.

Дверь его комнаты была открыта. На пороге валялись кроссовки. Внутри царил беспорядок: из все еще не распакованных чемоданов выглядывала одежда; на ковре громоздились полуоткрытые коробки.

— Вы делаете зарядку? — не придумав ничего более умного, спросила Рэна.

— Да. Я только что вернулся с пробежки по пляжу. Это было великолепно.

Трент был весь мокрый. Капельки пота стекали по груди, собирая черные как смоль волосы во влажные прядки. Шелковая дорожка волос делила пресс пополам. Трент поднял руку, чтобы отереть лоб. Наблюдая за ним, Рэна испытывала те же чувства, как если бы занималась с ним любовью. Устыдившись, она поспешно опустила глаза.

— Ваше... ваше плечо... Я хотела спросить, не вредны ли эти упражнения для вашего плеча?

— Нет, с плечом ничего не случится. Здесь задействованы другие группы мышц.

— А, тогда понятно.

— Понятно?

— Ну... наверное, отжимания укрепляют руки и... и мышцы груди, не так ли?

— Да, — подтвердил Трент. — А вы делаете зарядку?

— Делаю, но не для... не для мышц груди. — Видя, что Трснта забавляет ее скованность, Рэна тут же добавила: —А еще я бегаю по утрам.

— А почему бы вам не присоединиться ко мне завтра?

— Вряд ли это будет удобно, — сказала Рэна, осторожно продвигаясь в сторону лестницы.

— Кстати, я приношу извинения за то, что занял коридор. Дело в том, что я еще не успел распаковать вещи, и в комнате не хватает места.

— Простите, но я как раз шла на кухню... — И Рэна попыталась быстренько исчезнуть.

— Мисс Рэмси! — окликнул ее Трент.

Из вежливости Рэна обернулась и тут же пожалела об этом. Они очутились так близко друг к другу, что Рэна вдохнула исходящий от его тела на редкость приятный, терпкий, солоноватый запах моря.

— А вы знаете, как лучше всего отжиматься?

— Нет... не знаю.

— Чтобы достичь максимальных результатов, надо попросить кого-нибудь лечь вам на спину.

— Лечь на спину? — переспросила ошеломленная Рэна.

Трент прислонился к стене и скрестил руки на груди. Лучше бы он этого не делал — небрежная поза только подчеркнула впечатляющий рельеф его мускулатуры.

— Да. Так будет тяжелее отрываться от земли.

— Это для того, чтобы нагрузка была больше? — высказала предположение Рэна.

— Именно. Я тут подумал... Вряд ли вы согласитесь... — Не закончив фразу, Трент наклонил голову, ожидая, пока суть предложения дойдет до Рэны. Тысячи озорных огоньков заискрились в его карих глазах. — Конечно, нет, — резко закончил он. — И как мне такое могло прийти в голову?..

Щеки Рэны загорелись предательским румянцем. Но смущение сменилось яростью, когда на чувственных губах Трента заиграла насмешливая улыбка.

— Я, кажется, уже говорила, что хотела спуститься на кухню. — Рэна резко повернулась и поспешно покинула поле боя.

«Самонадеянный идиот!» — пробормотала про себя шагавшая по ступенькам Рэна, когда до нее донесся сдавленный смешок. Да и какая ей разница — пусть бегает голышом, как пещерный человек, если на большее ума не хватает! Эта мысль ее даже развеселила, однако когда Рэна доставала из кухонного комода стакан и наливала туда содовую, руки все еще дрожали.

Рэна сидела за маленьким кухонным столом на уютной кухоньке миссис Бейли. Идти обратно, рискуя вновь встретиться с племянничком Руби, не хотелось. Взяв блокнот и карандаш, предусмотрительно оставленные у телефона, Рэна лениво набросала пару узоров. Райские птицы на размытом бледно-лиловом фоне? Или тропическое вечнозеленое растение? А как насчет рельефной абстракции в оранжевом, черном и бирюзовом тонах?

— Создаете новые шедевры?

От неожиданности Рэна выронила карандаш. Пытаясь его поднять, она чуть не опрокинула стакан с содовой.

— Мне бы хотелось, чтобы вы перестали незаметно подкрадываться ко мне.

— Простите, но я думал, вы слышали, как я вошел. Наверное, вы были слишком заняты работой.

Рэна с укором посмотрела на босые ноги молодого человека.

— Как я могла слышать, если вы босиком?

— Дело в том, что во время пробежки я натер себе палец. Очень болит.

Если Трент рассчитывал на сочувствие, его ждало разочарование.

Рэна не могла понять, что заставляет его ходить по дому в столь непристойном виде, но спросить она, конечно, постеснялась. Кроме того, Рэне хотелось скрыть впечатление, которое произвел на нее вид Трента в неприлично узких джинсовых шортах. Майка с эмблемой «Хьюстонских мустангов» едва прикрывала грудь и словно специально выставляла напоказ его великолепный торс. Рэна смотрела на симметричные, четкие выпуклости мышц. Как она ни боролась с собой, взгляд неизбежно сползал к пупку. Интересно, бывают ли пупки красивые и некрасивые, заурядные и соблазнительные? Рэна решила подумать об этом на досуге.

— А где тетушка?

Очнувшись от задумчивости, в которую ее ввергло созерцание полуобнаженного Трента, Рэна указала на записку, прикрепленную к холодильнику магнитом в виде маленького кочанчика капусты.

— Она ненадолго вышла.

— Гм... — Трент казался озадаченным. — Тетя Руби сказала, что припасла для меня сок. Не знаете, где он?

— Посмотрите в холодильнике.

Трент открыл дверцу и долго изучал его содержимое.

— Молоко, бутылка «Шабли», газировка, — констатировал он, — а еще склянка с этикеткой «Не выбрасывать».

— В ней свиной жир.

— Да, вряд ли мне удастся утолить этим жажду.

Поняв, что Трент все равно не даст ей посидеть спокойно, Рэна грустно вздохнула, надеясь, что ее полный страдания вздох будет услышан и правильно истолкован собеседником.

— Руби держит часть запасов в другом месте.

Рэна направилась к двери, ведущей в заднюю часть дома.

— Если вы на веранду, то хочу вам сказать, что в свое время я там часто ночевал.

— Правда?

— В детстве, когда мы с мамой летом приезжали погостить к тете Руби, я провел там не одну ночь.

Рэна сделала вид, что ей это безразлично, но перед ее глазами предстал образ крепкого темноволосого мальчугана с ободранными коленками.

— А ваш отец?

— Он погиб в авиакатастрофе. Я был совсем маленьким и почти его не помню. Мама так больше и не вышла замуж. Я похоронил ее два года назад.

Казалось, одиночество, от которого они оба страдали, могло их сблизить. Однако Рэна не произнесла ни слова соболезнования, решив, что к этому человеку, от которого теперь пахло не морем, а чистотой, душистым мылом и цитрусовым одеколоном, опасно испытывать даже сочувствие.

Рэна зашла в кладовую, где Руби хранила все: от туалетной бумаги и жидкости для мытья посуды до собственноручно сваренного джема.

Одну из полок занимали банки с соком.

— Яблочный, грейпфрутовый или апельсиновый?

— Апельсиновый, пожалуйста.

Он стоял в дверном проеме кухни. Рэна исподтишка бросила взгляд на его длинные, стройные ноги, потом на загорелые плечи и крепкие мускулистые руки. На левом локте она заметила хирургический шрам. Два пальца правой руки были заметно искривлены.

«Очевидно, давний перелом», — предположила Рэна.

— Простите, — смущенно пробормотала она, подходя к двери с банкой апельсинового сока.

Трент уступил ей дорогу, и Рэна зашла на кухню.

— Запоминайте, где что лежит. В будущем вам придется обходиться без моей помощи.

— Я полон внимания, мисс Рэмси.

Не придавая значения легкой иронии, звучащей в голосе Трента, Рэна открыла банку взятым из кухонного ящика консервным ножом.

— Вот, пожалуйста, — сказала Рэна, подавая Тренту стакан, наполненный апельсиновым соком.

— Спасибо.

В знак благодарности Трент подмигнул ей,

затем поднес стакан к губам, запрокинул голову и осушил его всего в три глотка.

— Еще, пожалуйста, — попросил Трент, протягивая Рэне пустую посуду.

Крайне удивленная, Рэна машинально вновь наполнила стакан. Его Трент также выпил залпом.

— Третью порцию можно и посмаковать, — причмокивая губами от удовольствия, сказал Трент.

— Вы имеете в виду, что хотите еще? — не веря своим ушам, переспросила Рэна.

— Между прочим, я такой ненасытный практически во всем, мисс Рэмси.

— Эй, Руби!

Рэна подпрыгнула от неожиданности, не узнав поначалу звонкого голоса почтальона, который ежедневно, принося почту, заходил к Руби попить чайку. Была бы Руби лет на двадцать помоложе, можно было бы заподозрить, что их связывают романтические отношения. Хотя, учитывая незаурядность Руби, подобное развитие событий не исключалось.

Поставив банку сока на кухонный стол, Рэна объявила Тренту, что теперь он будет хозяйничать сам, и поспешила на крыльцо.

— Проходите, мистер Фелтон. К сожалению, Руби нет дома. Как много сегодня почты!

— В основном счета, да еще пара журналов. Кажется, все. Передавайте Руби привет.

— Обязательно передам.

Вернувшись на кухню, Рэна положила почту на стол и начала разбирать ее, чтобы посмотреть, нет ли ей писем. Трент тихо стоял у нее за спиной.

Он не мог не отметить, что мисс Рэмси разительно отличалась от других знакомых ему женщин. В этот день она оделась еще более небрежно, чем вчера. Мешковатые брюки значительно большего, чем следовало, размера держались на талии с помощью широкого кожаного ремня. Такие удобные, но уродливые штаны куда больше подходили солдату, чем женщине.

Наряд мисс Рэмси упорно скрывал ее фигуру. Как Трент ни пытался, он не мог определить, красивые ли у нее ноги. А такую забрызганную краской мужскую рубашку отказалась бы надеть даже нищенка. Закатанные рукава приоткрывали изящные руки, но длинный бесформенный жилет, который мисс Рэмси носила поверх рубашки, не позволял даже заподозрить, что под ним таится. Вряд ли у нее была большая грудь, но Трент просто умирал от желания узнать ее точный размер.

Да, мисс Рэмси явно не утруждала себя заботой о своей внешности, в том числе и о прическе. Тяжелые, прямые, тщательно расчесанные, но неухоженные пряди волос закрывали ей спину. От них исходило цветочное благоухание — запах шампуня или пены для ванной. От этого аромата у Трента кружилась голова.

Мысль о мисс Рэмси, принимающей ванну, заставила его улыбнуться. Но все, даже самые невзрачные женщины любят понежиться в теплой воде, не так ли? Конечно, и мисс Рэмси позволяла себе расслабляться в мыльной пене. В этом не могло быть сомнений.

Интересно, а что она надевает потом? Может быть, прозрачное, тонкое, как паутина, кружевное нижнее белье? Как ни старался Трент, но представить мисс Рэмси одетой во что-нибудь легкомысленное и поражающее воображение ему не удалось.

Скорее она предпочитает нижнее белье из хлопка, которое полностью закрывает все интересующие Трента места.

Трент опомнился. Какого черта он размышляет о нижнем белье мисс Рэмси? Только сейчас он понял, как нужна ему женщина.

Его оголодавший организм посылал мозгу тревожные сигналы. Может, позвонить Тому и попросить его срочно направить сюда парочку поклонниц?

Нет-нет, так не пойдет. Ведь именно поэтому он уехал из Хьюстона. Он должен отдохнуть от прелестей веселой жизни. Там он слишком часто посещал вечеринки. И с женщинами в течение нескольких недель он может позволить себе общаться только посредством воображения. Мисс Рэмси — единственная, не считая его тетушки, женщина в этом доме, так что выбор у него невелик. Почему бы время от времени не позволить себе пофантазировать? Ведь это будут совсем безобидные фантазии.

Трент верил, что даже мисс Рэмси, к которой подступиться так же сложно, как к забору с колючей проволокой, не лишена женственности. Как она смутилась, когда утром застала его в коридоре!

Конечно, Трент мог бы делать зарядку и у себя в комнате, но он нарочно расположился в коридоре, тайно надеясь, что мисс Рэмси непременно наткнется на него. Скорее всего этим утром бедняжка впервые увидела полуобнаженного мужчину, почувствовала запах мужского пота. Конечно, она была в смятении. Вспомнив ее порозовевшее от смущения лицо, Трент еле сдержался, чтобы не рассмеяться. В одном он был твердо уверен: то, что она увидела, пришлось ей по душе. Трент мог побиться об заклад, поставив на карту свою репутацию обольстителя, что это действительно так.

— Есть что-нибудь для меня?

Она почувствовала на шее его теплое дыхание. Неужели все это время он стоял так близко?

— Нет, — ответила Рэна, поспешно заканчивая разбирать корреспонденцию. Один из журналов, предназначенных для Руби, упал и раскрылся.

Рэна замерла от ужаса.

На развороте она узнала себя. Ее гибкое, безукоризненное тело на белой простыне, волосы цвета красного дерева огромным веером рассыпались вокруг головы. Парикмахер и фотограф потратили целый час на то, чтобы добиться подобного эффекта. Четко очерченные скулы, томный взгляд, соблазнительная полуулыбка...

На фотографии господствовал фирменный белый цвет Рэны. Это было непременным условием Мори. Договариваясь об очередном контракте для Рэны, он всегда подчеркивал: «Вы знаете, Рэна одевается только в белое». Бешеный успех Рэны позволял ей выставлять любые условия и требовать огромные гонорары — рекламодатели шли на все, чтобы заполучить ее.

Ей вспомнилось, как за пару дней до съемок она ударилась о дверцу такси, и на бедре появилась ссадина. В результате кропотливой работы визажиста ссадина исчезла, а кожа выглядела так, как будто ее натерли оливковым маслом и отполировали. Даже сейчас, разглядывая фотографию, Рэна чувствовала на ощупь се нежность и бархатистость.

Трусики-бикини, в которых она снималась, едва держались на соблазнительных бедрах. Мужская рука приподнимала край топа. Мужчина, лежавший с ней рядом, но не попавший в кадр, был уродом, но обладал руками пианиста. Его безупречно красивые руки пользовались успехом, их снимали в разного рода рекламных роликах — от детских подгузников до популярных сортов пива. Его руки то гладили попку младенца, то сжимали запотевший стеклянный бокал, то ласкали кожу лучших моделей.

В студии, где проходили съемки, было прохладно. От холода соски Рэны напряглись и стали откровенно проглядывать сквозь хлопчатобумажный топ. Это заставило представителя рекламного агентства запаниковать: ведь его клиент требовал не откровенной эротики, а только легкого намека на нее. Фотографа же не интересовало ничего, кроме освещения и ракурса. Его ассистент шутил, что мужчина, лежащий рядом с Рэной, тайком ото всех ласкает ей грудь. Сюзан Рэмси шокировал такой, как она выразилась, «распутный» юмор. Поскольку ассистент фотографа одновременно крутил со своим шефом любовь, обиделся и фотограф, пригрозив миссис Рэмси удалить ее со съемок, если она не заткнется.

Пока происходила эта оживленная дискуссия, Рэна продолжала лежать, не меняя позы. Ей было скучно, она устала, у нее болела спина, в животе урчало от голода.

— Неплохо.

Бархатный мужской голос показался Рэне раскатом грома, вырвавшим ее из страны воспоминаний. Девушка резко захлопнула журнал.

— В чем дело? Неужели вам не понравилось? — спросил Трент, забавляясь реакцией Рэны на столь откровенный снимок.

— Да... нет... Я... я должна идти работать.

Рэна вскочила и, оттолкнув его, быстро покинула кухню. Бегом поднявшись по лестнице и ворвавшись в свою комнату, Рэна с силой захлопнула дверь и в изнеможении прислонилась к ней. Пытаясь отдышаться, она прислушивалась, не бежит ли за ней, размахивая журналом, без сомнения, узнавший ее Трент.

Придя в себя, Рэна поняла, что ей нечего бояться, поскольку ни Тренту, ни Руби никогда не придет в голову, что девушка на фотографии — их знакомая мисс Рэмси. Между эффектной фотомоделью и теперешней Рэной было так же мало общего, как между красивыми руками мужчины, участвовавшего в тех съемках, и его уродливым лицом.

За этот день Рэна испытала два потрясения. Первое — когда рано утром повстречала полуголого Трента Гемблина, второе — когда увидела свою фотографию на развороте журнала. Полгода она прожила отшельницей, не беспокоясь, что ее узнают.

Ее не волновало даже то, что Мори и мать знают ее новый адрес. Ведь она предупредила, что, если ее будут уговаривать вернуться в Нью-Йорк, она снова исчезнет и не объявится никогда.

Теперь, когда по соседству поселился Трент, ее инкогнито оказалось под угрозой. С Руби было проще — из эстетических соображений она не носила очков, а без них плохо видела. Хозяйка прочитывала журналы мод от корки до корки, но ни за что не узнала бы блистательную Рэну в своей невзрачной квартиросъемщице.

А что, если ее племянник более проницателен?

Зазвонил телефон, отрывая Рэну от раздумий. Она подняла трубку и услышала знакомый голос.

— Здравствуй, Барри! — радостно воскликнула она.

— Надеюсь, ты трудишься не покладая рук? На твои работы колоссальный спрос.

— Правда? — обрадовалась Рэна.

Их сотрудничество оказалось взаимовыгодным. Она повстречала Барри Голдена в Нью-Йорке, он работал тогда стилистом в крупном магазине одежды. Он обожал индустрию моды, однако ненавидел городскую жизнь. После смерти дедушки Барри досталось небольшое наследство, которое позволило ему вернуться домой, в Хьюстон, и открыть небольшой, но достаточно дорогой магазинчик.

Уезжая из Нью-Йорка, Барри просил Рэну не терять с ним связи и обращаться к нему при первой же необходимости. Полгода назад Рэна воспользовалась этим предложением. Так благодаря Барри она и переехала в окрестности Хьюстона.

Барри пришел в восторг от идеи расписывать одежду вручную и сразу согласился реализовать в своем магазине пару ее изделий. Вещи, расписанные Рэной, раскупили моментально. Те, кому не досталось, требовали завезти новую партию.

— Таким бешеным спросом, как твои работы, у меня не пользовался ни один товар, — говорил ей Барри.

Рэна улыбнулась, представив Барри с неизменной тонкой сигаретой в зубах. Барри был человеком вспыльчивым, чересчур прямолинейным и нередко грубым. Однако его манеры напрямую зависели от того, насколько тепло он относился к собеседнику. К тому же, по какой-то необъяснимой причине, чем возмутительнее он себя вел, тем больше нравился клиентам.

Рэна смогла под маской грубияна и задиры увидеть истинного Барри, чуткого и доброго, для которого вызывающее поведение было лишь способом защитить себя от окружающего мира. Она его понимала — ведь полгода назад ей тоже приходилось скрывать свое подлинное лицо под маской, которая устраивала окружающих.

— Довольна ли миссис Таплуайт своим халатом?

— Не то слово, дорогая! Увидев его, она чуть не выпрыгнула из своего жуткого, замусоленного платья.

— Так она его купила?

— Конечно. У некоторых моих покупателей напрочь отсутствует вкус, и я не пытаюсь их перевоспитывать.

— Именно по этой причине ты согласился продавать мои работы?

— Ты — исключение из всех правил, дорогая. Я знал немало моделей, но ты — первая и единственная среди них, кто не одержим своим отражением в зеркале. Когда я организовывал показы мод, работать с тобой было настоящим удовольствием. Ты никогда не капризничала.

— За меня это делала мать.

— Даже не напоминай мне о ней, а то я заведусь на весь день. Главное, что я обожаю тебя и то, что ты делаешь. Меня даже порой мучают угрызения совести, поскольку я извлекаю из твоих произведений прибыль.

— Так я и поверила, — поддела его Рэна.

— Ах, дорогая, ты видишь меня насквозь, — наигранно вздохнул Барри. — Ну, хватит об этом. Когда ты появишься в Хьюстоне? Готова ли юбка для миссис Резерфорд? Она меня достала — звонит по три раза в день.

— К концу недели я ее закончу.

— Отлично. У меня для тебя еще четыре заказа.

— Четыре?!

— Да, четыре. Кроме того, я поднял цены на твои работы.

— Барри! Опять? Ты же знаешь, я занимаюсь этим не ради денег. Мне есть на что жить.

— Не смеши меня. В наше время ничто не делается бесплатно. А этих богатых курочек цена волнует меньше всего. Чем дороже их покупки обходятся мужьям, тем больше они эти вещи ценят. Будь хорошей девочкой и не ругай меня. Кстати, ты все еще придерживаешься своего дурацкого правила не встречаться с клиентами лично?

— Да.

— И все по той же причине?

— Да. Не хочу рисковать. Ведь не исключено, что кто-нибудь меня узнает.

— Ну и что? Лично мне было бы только приятно. Ты знаешь, как я отношусь к этому идиотскому маскараду.

— И тем не менее, как я уже тебе говорила, сейчас я счастлива как никогда, — осторожно напомнила Рэна.

— Ладно, не буду больше приставать. Слушай, у меня появилась потрясающая идея, которую я хотел бы обсудить с тобой при встрече.

— Что ты задумал?

— Скажу, когда приедешь. А сейчас иди и заканчивай юбку для миссис Резерфорд.

— Хорошо. Подожди секундочку, ко мне стучат. Наверное, это Руби.

Рэна положила трубку рядом с телефоном и поспешила к двери. Она ошиблась — на пороге стоял Трент.

— У вас есть пластырь?

— Простите, я разговариваю по телефону, — резко ответила Рэна, отметив при этом в очередной раз, что Трент безумно хорош собой. Неужели она неравнодушна к его чарам? Это открытие ее очень обеспокоило.

— Ничего, я подожду. — С этими словами Трент шагнул через порог.

Рэне ничего не оставалось, как покориться, — не выдворять же его силой. Яростно сверкнув глазами, она взяла трубку:

— Извини, Барри. Пора за работу.

— Мне тоже. До скорой встречи, дорогая.

— Увидимся в пятницу. Пока.

— А кто такой Барри? — как ни в чем не бывало поинтересовался Трент, когда Рэна положила трубку.

— А вот это вас совершенно не касается. Так что вы хотели?

— Это ваш дружок? — продолжал допытываться Трент.

Прежде чем ответить, Рэна пронзила его испепеляющим, как ей хотелось думать, взглядом и про себя сосчитала до десяти — так сильно он ее взбесил.

— Да, Барри — мужчина. Да, он — мой друг. Но не в том смысле, какой вы вкладываете в это слово. Помнится, вам был нужен пластырь?

— Но вы ведь с ним встречаетесь? Кажется, в ближайшую пятницу? По-моему, у вас с ним свидание.

— Вам все еще нужен пластырь?

Рэна яростно тряхнула головой, откидывая назад копну волос. Она уперлась руками в бока и приняла воинственную позу. Трент пришел в восторг — наконец-то бесформенная рубашка позволила увидеть контур ее груди. И, надо сказать, груди очень красивой.

— Да, если можно, — сказал он, улыбаясь.

Рэна отправилась в ванную и, порывшись в аптечке, нашла коробку с пластырем. Она не сразу смогла открыть крышку, что ее еще больше разозлило. Наконец ей это удалось. Достав пластырь, она резко повернулась и... столкнулась с Трентом, стоящим прямо за ее спиной. От неожиданности она потеряла равновесие и оказалась прямо в его объятиях.

Это длилось какие-то доли секунды, но Рэне показалось, что прошла вечность. Бессознательно она уперлась ладонями в его мощную грудь. Пытаясь удержать столь неожиданно свалившийся на него подарок, Трент крепче прижал Рэну к себе. На мгновение они прижались друг к другу. Эффект от этого был поразительный: казалось, произошло что-то наподобие короткого замыкания — их обоих обдало жаром, и посыпались невидимые искры.

В конце концов Рэне удалось высвободиться. Ошеломленный, Трент сделал шаг назад. В этот момент он испытывал такие же чувства, как от столкновения со свирепым Джо Грином: во время последней игры, пытаясь завладеть мячом, тот со всего маху налетел на Трента. В комнате воцарилась тишина, которую нарушало лишь частое дыхание мужчины и женщины.

— Вот... возьмите.

Трент вынул из дрожащей руки Рэны пластырь.

— Спасибо.

Да, с грудью у нее определенно все в порядке. Как, впрочем, и со всем остальным.

Он повернулся к дверям, и Рэна вздохнула с облегчением. Однако Трент, похоже, не собирался уходить. Вместо этого он уселся на диван, положил ногу на ногу и попытался вскрыть целлофановую оболочку пластыря. После нескольких бесплодных попыток он сдался.

— Вы не могли бы помочь?

— Конечно.

Готовая на все, лишь бы поскорее выпроводить этого наглеца, Рэна взяла пластырь. Трент вторгся в жилище, заменившее Рэне хижину отшельника, в убежище, ставшее единственным местом на свете, где она чувствовала себя в безопасности. И чем скорее незваный гость покинет его, тем лучше.

— Думаю, у Руби нашелся бы для вас пластырь, — сказала она в надежде, что Трент не настолько глуп, чтобы не понять намека.

— Скорее всего. Но тетушки все еще нет дома. Простите, если побеспокоил вас.

Уж в этом-то Трент был прав — он действительно ее побеспокоил. С тех пор как распался ее брак — а это произошло семь лет назад, — ни одного мужчину Рэна не подпускала к себе так близко. Она поставила крест на личной жизни и не решалась рисковать, вступая в какие бы то ни было отношения с представителями противоположного пола. Это правило не распространялось на друзей — Барри и Мори, а также на деловых партнеров, пока те вели себя пристойно.

Рэна поклялась себе больше никогда не влюбляться и забыть о страсти. Однако сегодня она это обещание нарушила: только что пережитое возбуждение было настолько сильным, что Рэна еще долго не могла унять дрожи в руках. Случившееся казалось ей катастрофой. Она отчаянно не хотела переживать все заново: вспышки эмоций, боль, разочарование...

— Мне нужно работать. Прошло полдня, а я практически ничего не сделала.

«И вы тому причиной», — добавила она про себя.

Нахмурившись, Трент взял пластырь и осторожно заклеил мозоль на мизинце.

— Надеюсь, теперь заживет. — Он поднялся, чтобы уйти, и вдруг добавил: — Желаю плодотворно поработать... Эна.

Что?! Как он ее назвал? Он почти угадал ее настоящее имя.

— Я обратил на это внимание, как только вошел. Позвольте выразить вам свое восхищение. — Трент кивнул, указывая на ее рабочее место, где лежали изделия, находящиеся на разной стадии завершения. Он подошел и принялся разглядывать последний заказ — юбку для миссис Резерфорд. На ткани красовались тигровые лилии. Рэна расположила их по всей длине юбки — от подола до пояса. На одном из пятнистых лепестков четким курсивом было выведено имя художника — Эна Р. Барри уговорил ее расписываться хотя бы так.

— Дорогая, если работа подписана, ее цена удваивается. Все произведения искусства должны носить имя творца, — увещевал ее Барри. Рэна не могла ставить на своих изделиях настоящее имя. Эффект получился бы такой же, как от объявления на первой полосе «Хьюстон хроникл», где был бы указан ее точный адрес.

— Я долго пытался узнать ваше имя...

Трент явно не жаловался на зрение и сумел за время визита разглядеть имя соседки. Естественно, он предположил, что Р — начальная буква фамилии. Да, в любознательности племянничку Руби не откажешь. Впредь следует держаться от него подальше. Хорошо, что она догадалась снять комнату под именем Эны Рэмси. Если Тренту и его тетушке вздумается обменяться впечатлениями, то никаких расхождений не будет.

Когда Трент вновь повернулся к ней, Рэна попыталась принять равнодушный вид.

— Какое красивое имя — Эна.

Рэна ощутила на себе его изучающий взгляд. Казалось, Трент пытался проникнуть сквозь преграду темных стекол и заглянуть ей прямо в глаза. Взгляд Трента остановился на ее губах, и от этого Рэна, как и раньше, почувствовала легкое головокружение.

— Простите, мистер Гемблин, но я и так потеряла уйму времени.

— Давайте перейдем на «ты» и будем называть друг друга по имени. В конце концов, мы же соседи.

Его лицо осветила улыбка. Как Рэна ни пыталась, она не могла разобраться, что делает Трента столь привлекательным — асимметрично приподнятый уголок губ или небрежно упавшая на лоб прядь волос.

— Как я вам уже сообщила, мистер Гемблин, — подчеркнуто официально сказала Рэна, — я занята.

— А вы слышали поговорку «Сделал дело — гуляй смело»? — Трент стоял, широко расставив ноги и чуть покачиваясь. — Так вот, после столь плодотворной работы, — он кивнул в сторону ее изделий, — не сходить ли нам в кино на дневной сеанс? Я приглашаю.

Такого поворота событий Рэна не ожидала.

— Я не могу...

— Клинт Иствуд в главной роли. Он необычайно хорош, не правда ли?

— Да, это так, но...

— Я куплю попкорн.

— Нет...

— Вы, конечно, предпочитаете попкорн с двойной порцией масла?

— Да, но...

— А вы не будете против, если во время сеанса я нечаянно положу руку вам на плечо?

— Я...

— Хорошо. Если как следует меня попросите, могу сделать это и не случайно.

— Мистер Гемблин!!! — в отчаянии воскликнула Рэна, не зная, как заставить Трента покончить с этим безобразием.

Сделав глубокий вдох, она выпалила:

— Может быть, вам нечего делать и у вас есть возможность развлекаться весь день напролет, а у меня, в отличие от вас, дел по горло. Прошу вас, уходите.

Трент помрачнел. От легкомысленной улыбки и расслабленной позы не осталось и следа.

— Прошу прощения, мисс Рэмси. Не смею больше вам надоедать.

Сказав это, он двинулся к двери и, открывая, чуть не сорвал ее с петель.

— Спасибо за пластырь, — бросил он через плечо.

— Истеричная дура, — пробормотал Трент, заходя в свою комнату, которая все еще выглядела так, как будто по ней пронесся смерч. — Взбалмошная, самодовольная идиотка! — Он захлопнул дверь с такой силой, что задрожали стекла, надеясь, что у соседки упадет и разобьется одна из многочисленных баночек с краской. — Да кому ты нужна! — Трент продолжал кипеть от злости.

Кем она себя возомнила, что позволяет себе обращаться с ним как с нашкодившим мальчишкой? Трент всегда сам решал, когда ему избавиться от общества дамы, а не наоборот.

— Мистер Гемблин, мистер Гемблин! — повторял он, передразнивая обидчицу.

Черт возьми! Мало того что он находится в добровольном заточении. Теперь выясняется, что все это время ему придется жить по соседству с монашкой!

— Голову даю на отсечение — она чуть не рухнула в обморок, когда я предложил ей пойти в кино!

И тут его осенило: мисс Рэмси — всего-навсего несчастная некрасивая женщина. Вряд ли она вообще догадывается о существовании страсти. Судя по всему, личной жизни у нее никакой.

И тут на горизонте появляется настоящий мужчина. «Красивый, как Аполлон», — без ложной скромности добавил про себя Трент. Она не знает, как себя вести с ним, а незнание порождает страх. Как же он раньше не догадался? Она бы не защищалась, если бы оставалась к нему равнодушной.

В глазах Трента сверкнул озорной огонек. Мозг активно заработал, создавая план осады. Конечно, перед Трентом стояла задача не из легких. Однако он был рад, что получил столь дерзкий вызов. Наконец-то нашлось дело, которому можно отдаться целиком и полностью. Не изучать же все время, пока он отдыхает, пособие по тактике американского футбола!

Впрочем, истинная причина, которая толкала Трента на завоевание сердца мисс Рэмси, оставалась для него загадкой. Когда Трент ощутил близость ее стройного тела, кровь его закипела, а мгновенно разгоревшееся желание чуть не свело его с ума. Кто бы мог подумать, что Трента Гемблина, любимца дам, звезду холостяцких вечеринок, сможет так завести какая-то бесцветная старая дева?

3

Девушки, позвольте пригласить вас в кино, — объявил Трент за ужином, в тот момент, когда Руби подавала творожный торт с малиновой подливкой.

— В кино! Мой милый, с удовольствием!

— Еще бы! Клинт Иствуд в главной роли.

— Ах! Он такой лапочка! Я прямо дрожу, когда его вижу.

— Тетушка, советую вам захватить с собой документы. Мы идем на фильм «детям до 18». Вас могут не пропустить.

— Ах ты, негодник!

Трент откинулся на спинку стула и одарил Руби белозубой улыбкой. Исподтишка он поглядел на мисс Рэмси. Все шло по плану — она побагровела от ярости.

— Благодарю вас за приглашение, но боюсь, что вам придется идти без меня.

— Неужели вы нас не поддержите? — изумилась Руби. — Неужели откажетесь посмотреть фильм с Клинтом Иствудом?

— Мне не удалось сделать всего, что я запланировала на сегодня, — с укором глядя на Трента, объяснила Рэна.

Трент как ни в чем не бывало с аппетитом поглощал кусок творожного торта.

— Но вы же обычно не работаете по вечерам. — Руби не теряла надежды переубедить свою гостью. — Я так поняла, что вам годится только дневное освещение.

— Да, обычно это так, — ответила Рэна. — Но сегодняшний день — исключение.

— Ну пожалуйста, Эна, присоединяйтесь к нам, — простонал Трент. — Я так рассчитывал на ваше согласие! — Из нагрудного кармана он достал три входных билета и помахал ими перед ней. — Видите, я уже купил вам билет.

— Он купил вам билет, — повторила за Трентом Руби.

— Очень сожалею, но Тренту не стоило приобретать билет, не заручившись моим согласием. Придется сдать его и получить обратно деньги.

Поднеся билет к глазам, Трент радостно продекламировал:

— Возврату не подлежит. Вот видите, —

сказал он, как бы извиняясь, и протянул билет Рэне. — Обратно его уже не примут.

— Не примут, мисс Рэмси, — эхом отозвалась Руби, счастливая оттого, что ее племянник позаботился о мисс Рэмси. У нее ведь, бедняжки, совсем нет друзей, кроме какого-то типа по имени Барри. Единственное, что Руби о нем было известно, — это то, что Барри владел магазинчиком, где продавались изделия Рэны.

Руби по пальцам могла пересчитать, сколько раз за последнее время мисс Рэмси выезжала в свет. Из всех сидящих за столом именно ей был необходим этот поход в кино.

Рэна и помыслить не могла, о чем внезапно задумалась Руби. Сама она тем временем пыталась испепелить взглядом племянника хозяйки. Трент намеренно поставил ее в дурацкое положение. «Он за это еще поплатится», — предвкушая сладкую месть, подумала Рэна.

— Вы же собирались пойти на дневной сеанс, не так ли?

— Я передумал. К тому же фильм приятнее смотреть в компании. Не говоря уж о поедании попкорна, — подмигнул ей Трент.

Рэна снова вскипела от ярости.

— Значит, все решено! — воскликнула Руби.

— Я, кажется, еще не дала согласия...

— Но вы же обязательно пойдете, дорогая?

Руби с мольбой взглянула на Рэну, и у той не хватило духу отказаться.

— Раз билет уже куплен, придется пойти, — с тяжелым вздохом согласилась Рэна.

— Отлично! — Руби, как маленькая девочка, захлопала в ладоши. — В таком случае пойдите и приведите себя в порядок. А я быстренько помою посуду. Встречаемся внизу.

Когда Рэна покидала столовую, Тренту хватило ума воздержаться от шуток.

Через пятнадцать минут они собрались у входной двери. Руби, с головы до ног одетая в красное, не скрывала разочарования по поводу туалета мисс Рэмси. Миссис Бейли жестоко ошиблась, надеясь, что поход в кино станет для ее постоялицы поводом наконец приодеться. Вопреки ее ожиданиям, девушка, облаченная в зеленые, как армейская форма, брюки и свисающую до колен рубашку, выглядела еще хуже, чем обычно. Неужели в шкафу у мисс Рэмси нет ничего, что хоть отчасти соответствовало бы климату и времени года, чего-нибудь легкого и воздушного?

Ее гостья потрудилась расчесать волосы, но теперь тяжелые пряди почти полностью закрывали лицо, предлагая постороннему взгляду любоваться лишь кончиком носа и этими огромными ужасными очками.

Руби огорченно вздохнула и решила, что отсутствие у мисс Рэмси вкуса и уважения к моде — не повод портить себе вечер.

Под радостное щебетание Руби Трент проводил дам к тетушкиной машине. В его спортивном автомобиле вряд ли хватило бы места всем троим.

Открывая переднюю дверцу, Трент жестом пригласил Рэну садиться. Вовремя сообразив, Рэна уступила место спереди Руби, а сама, не дожидаясь, пока Трент поухаживает за ней, забралась на заднее сиденье и захлопнула дверцу.

Заметив этот маневр, Трент улыбнулся. Затем обошел машину и сел на водительское сиденье. Итак, она разозлилась. Прекрасно! Процесс оттаивания мисс Рэмси может стать неплохим развлечением.

Кинотеатр был переполнен. Однако им повезло — удалось найти три свободных места в одном ряду. Предполагая, что Трент сначала пропустит дам вперед и только потом сядет сам, Рэна поспешила занять дальнее место.

Ее план сработал, но ненадолго. Когда свет погас и на экране замелькали титры, Трент изъявил желание сходить за прохладительными напитками. Когда он вернулся, то попросил Руби поменяться с ним местами, чтобы все трое могли насладиться купленным им попкорном. Руби беспрекословно повиновалась, и через мгновение Трент уже сидел рядом с Рэной, тем самым сводя на нет все ее усилия держаться от него подальше.

Раздав прохладительные напитки, Трент вручил Руби коробочку шоколадных конфет и предложил отведать попкорна.

— Спасибо, дорогой, но я воздержусь. От попкорна меня пучит.

Рэна едва сдержалась, чтобы не рассмеяться. Вдруг девушка застыла от ужаса — колено соседа плотно прижалось к ее ноге. Широко расставив длинные мускулистые ноги, Трент расположил ведерко с попкорном между ними, затем склонился к Рэне так близко, что губы коснулись ее уха.

— Угощайтесь, когда пожелаете, — шепнул Трент.

Рэна только презрительно фыркнула в ответ и уставилась на экран. Хватит того, что он трется об нее своим коленом и локтем прижимает ее руку!

Рэна не скрывала, что возмущена его поведением. Впрочем, самому Тренту было на это наплевать. Когда Рэна отодвигалась, его нога следовала за ней. Своим локтем Трент совсем оттеснил локоть Рэны. Пытаться высвободиться казалось занятием неблагодарным: пришлось бы шуметь и толкаться, поэтому девушка отказалась от этой затеи. К тому же ей совсем не хотелось, чтобы Трент догадывался, какие эмоции вызывают у нее прикосновения его стальных мускулов.

— Должно быть, через ваши очки Клинт Иствуд выглядит болезненно-бледным, — послышался шепот, от которого по спине забегали мурашки.

— Нет, с ним все в порядке.

— Почему вы не снимете очки?

— Без них я ничего не увижу.

— По-моему, стекла ваших очков не такие уж толстые. Вы уверены, что не хотите от них избавиться?

— Уверена.

На самом деле это были самые обычные солнцезащитные очки. Рэна не снимала их только потому, что даже без макияжа блеск ее глаз и необычный разрез наверняка привлекли бы внимание.

— Почему вы не берете попкорн?

— Спасибо, но...

Трент придвинулся еще поближе.

— Я даже купил салфетки... на тот случай, если вам не захочется, чтобы я слизал крошки с ваших пальцев.

— Замолчите!!!

— Тс-с, тише! — зашипели на них сразу из нескольких рядов.

Руби выпрямилась и с укором посмотрела в сторону нарушителей порядка.

— Ведите себя прилично, — чуть слышно сказала она и снова уставилась на экран.

— Вот видите, что вы наделали, — проворчал Трент. — Из-за вас нам обоим попало.

— Из-за меня? Начнем с того, что именно из-за вас я очутилась в этом дурацком кинотеатре. А в какое положение вы поставили меня в присутствии Руби? Вы все специально подстроили так, чтобы я не смогла отказаться. Теперь, когда вы добились того, чего хотели, можете хотя бы не мешать мне смотреть фильм?

— А вам действительно хочется его смотреть?

— Для этого ведь и ходят в кинотеатр, не так ли?

— Вы знаете, было бы скучно, если бы кинотеатры предназначались только для этого.

— А для чего же еще?

— Для того, чтобы в темноте заниматься недозволенным. Для тайных свиданий. Мы с вами, к примеру, могли бы спрятаться на верхнем ряду и всласть пообниматься.

От такой наглости Рэна потеряла дар речи. Она повернулась и молча уставилась на соседа. Лицо Трента в полутемном кинозале казалось загадочным. Не отрываясь он смотрел на Рэну. Обольстительная улыбка, приподнятая бровь говорили об одном — это возмутительное замечание следовало рассматривать как предложение.

— Как вам нравится эта мысль, мисс Рэмси?

Если до этого момента Рэна просто недолюбливала Трента Гемблина, то теперь она его возненавидела всеми фибрами своей души.

Резко выдернув руку, зажатую между его локтем и спинкой кресла, и отодвинувшись, насколько это было возможно, Рэна вновь уставилась на экран, пытаясь сосредоточиться на фильме.

Трент был в общем-то не дурак и оставил

девушку в покое. До конца фильма он не проронил ни слова, только, насупившись, хрустел попкорном.

По окончании сеанса Трент торжественно проследовал за своими дамами на автостоянку. Переполненная впечатлениями, Руби увлеченно разбирала сюжет картины, вспоминая мельчайшие подробности драк и каждую волнующую деталь любовной сцены. В промежутках она снова и снова восхищалась привлекательностью главного героя.

Рэна не разделяла ее восторгов. Сидя на заднем сиденье, она мечтала, чтобы этот вечер поскорее завершился. Едва переступив порог дома, Рэна сдержанно попрощалась:

— Спасибо за прекрасный вечер, мистер Гемблин. Спокойной ночи, Руби.

— Неужели вы нас уже покидаете? Я так надеялась, что мы еще выпьем чаю, — огорченно сказала Руби, которой, очевидно, хотелось закончить обсуждение фильма.

— Простите, но я очень устала. До завтра.

* * *

Прошедший день принес Рэне одни расстройства. А еще этот поход в кино, вымотавший ее как физически, так и морально. Даже зайдя к себе в комнату и закрыв дверь, Рэна все еще не могла успокоиться, вспоминая наглое поведение Трента.

— Как он посмел! Негодяй! Самовлюбленный индюк! — в ярости бормотала она, возбужденно расхаживая по комнате.

В эту минуту в дверь постучали. Рэна открыла. Как она и предполагала, на пороге стоял Трент.

— Я вас обидел? Может, сказал что-то не так? — небрежно прислонясь к дверному косяку, спросил он.

— Дело не в том, что и как вы сказали, а в том, что вы вообще за человек, — скрестив руки на груди, ответила Рэна.

— Умоляю вас, просветите меня на этот счет.

— Вы — тщеславный, избалованный, до невозможности эгоистичный, распущенный, самовлюбленный, хамоватый жеребец.

Трент даже присвистнул от удивления.

— Я очень хорошо знаю вашу породу, — продолжала Рэна, — и мне она отвратительна. Вы уверены, что женщина существует только для того, чтобы быть вашей игрушкой, которой вы забавляетесь, пока вам не наскучит, и бросаете, когда вам заблагорассудится.

Трент оттолкнулся от косяка и, выпрямившись, слушал ее с неподдельным вниманием. Самодовольная улыбка исчезла с его лица.

— Подождите...

— Нет, это вы подождите. Я еще не закончила. Вы — из тех, кто с первого взгляда дает женщине оценку по десятибалльной шкале. Не отрицайте. Я знаю, что это именно так. Вы замечаете не саму женщину, а ее оболочку, ее внешность. Это единственное, что имеет для вас значение. Вам наплевать на ее индивидуальность, ум, а тем более на ее чувства.

— Я...

— Посмотрите на себя и на меня! — воскликнула Рэна. — Неужели вы могли предположить, что, достаточно трезво оценивая себя, я поверю, что нравлюсь вам? Нет, я не такая дура. И не настолько наивна, чтобы вообразить себя женщиной, на которую вы посмотрите дважды. Просто, не считая Руби, я единственное существо женского пола в этом доме. Поэтому вы меня и преследуете. И даже если предположить, что вы действительно испытываете ко мне нежные чувства по какой бы то ни было придуманной вами причине, все равно вы мне совершенно безразличны. Я сыта по горло вашим ребячеством, вашими намеками и идиотскими предложениями. Вы дурно воспитаны. Если вы думаете, что я послана на эту грешную землю лишь для того, чтобы вы не скучали эти три недели, то это не так. На меня не действуют ваше обаяние, физическая привлекательность и избитые приемы обольщения дурнушек. — Уперев руки в бока, Рэна набрала побольше воздуха в легкие и продолжила: — Есть ли предел вашему потребительскому отношению к людям? Попытки ухаживать за мной для вас всего лишь игра, которая, как вы, без сомнения, рассчитываете, поможет скрасить этот скучный период вашей жизни. Так знайте: только из-за того, что я хорошо отношусь к вашей тете и не хочу ее расстраивать, я утруждаю себя беседами с вами. Итак, подвожу итог, мистер Гемблин. Вы — законченный кретин.

Не дожидаясь, когда к Тренту вернется дар речи, Рэна прямо перед его носом с силой захлопнула дверь. В первый раз за многие месяцы она почувствовала облегчение. Как здорово было поставить на место этого самца! Наконец-то Рэна смогла дать выход раздражению, которое копилось в ней долгие годы.

Рэна давно смирилась с мыслью, что все мужчины, с которыми сталкивала ее судьба, делились на три категории.

Первых настолько пугали ее красота и слава, что они считали Рэну недосягаемой. Даже если она делала шаг по направлению к ним, эти мужчины не отвечали ей взаимностью, поскольку не могли и не хотели соперничать с ней. Вторую категорию составляли те, кому хватало смелости пригласить ее на свидание. Проблема заключалась в том, что у них Рэна ассоциировалась с хрупкой фарфоровой статуэткой, произведением искусства, прикасаться к которому можно только в лайковых перчатках. Как поддерживать отношения с мужчиной, который боится до тебя дотронуться? И наконец, третьи — мужчины-потребители, использовавшие Рэну в качестве украшения собственной персоны. Девушка часто становилась жертвой назойливых уличных фотографов. Ее снимали везде — на улицах Нью-Йорка, у входа в ресторан, в парке, в уличных кафе. Мужчина, который сопровождал Рэну, пользовался ею как приманкой, создавая себе бесплатную рекламу.

Политики, рок-звезды, бизнесмены — все они ухаживали за эффектной фотомоделью из тщеславия, чтобы потешить свое эго, но никогда речь не шла о чувствах.

Отношения с такими мужчинами приносили разочарование и боль. Их не волновало ничего, кроме ее лица и фигуры. То, что за роскошным фасадом скрывалась ее тонкая, ранимая душа, им было безразлично.

Не давая ничего взамен, они только пользовались Рэной, заботясь исключительно о собственном благе.

Что же касается Трента Гемблина, то тут все было иначе, но только на первый взгляд. Заурядная, жалкая, одинокая старая дева — именно такой предстала перед ним Рэна. Несомненно, добиваясь ее расположения, Трент решил скрасить свое заточение в доме тетушки и заодно совершить доброе дело — внести разнообразие в монотонную жизнь соседки, чтобы ей было о чем написать в своем дневнике и с трепетом вспоминать потом в своей скучной, серой жизни. Должно быть, Тренту подобный эксперимент показался небезынтересным. Вряд ли он когда-либо общался с женщиной, разительно отличающейся от его красивых подружек. К тому же, когда он вернется, будет о чем рассказать товарищам по команде: «Ребята, вы не представляете, как ей хотелось мужика!»

Существует ли предел мужскому эгоизму? По опыту Рэна знала: когда дело доходит до собственных интересов, эгоизм не знает границ и мужчина пойдет на все, лишь бы добиться своего.

Итак, в этот вечер Рэна защитила свое второе «я» — скромную мисс Эну Рэмси. Обидчик получил сполна. Это был триумф, победа над всеми мужчинами-потребителями, которые общаются с женщиной, какой бы красивой или невзрачной она ни была, только когда им это по той или иной причине выгодно.

Рэна засыпала с непривычным ощущением легкости. Почему же раньше ей не хватало смелости поставить подобных наглецов на место? Последние несколько лет принесли ей много горя, много разочарований. Почему же только сейчас ей в голову пришла эта поразительно простая мысль: от того, что она решится отстаивать свою честь и достоинство, не разверзнутся хляби небесные и не наступит конец света.

На следующее утро, когда Рэна, зевая и потягиваясь, выходила из ванной, она нашла под дверью записку. Замерев, Рэна уставилась на сложенный вчетверо листок бумаги.

Сначала она решила оставить его там, где лежит. Однако любопытство все-таки взяло верх. Рэна подкралась к двери и тихонько подняла записку.

«Вы абсолютно правы. Я действительно вел себя как законченный кретин. Извините меня. Предлагаю вам либо подписать договор о дружбе и сотрудничестве и выкурить трубку мира, либо вместе совершить утреннюю пробежку по пляжу. Лично мне больше нравится второй вариант. Если вы согласитесь присоединиться, я буду считать, что конфликт исчерпан. Прошу вас, не отказывайтесь».

Автор не подписался, но в последнее время из ее знакомых лишь один человек удостоился звания законченного кретина.

Четкий, убористый, типично мужской почерк мог принадлежать только ему.

Забыв, что прошлым вечером именно этот человек вывел ее из себя, Рэна улыбнулась. Вновь развернув записку, она подошла к окну. Природа просыпалась. Предстоял очередной жаркий, душный день, но пока на траве еще блестели капельки росы. Погруженная в размышления, Рэна ничего этого не замечала. Надо же, у него хватило такта принести извинения! Но могла ли она принять их?

Было раннее утро. Солнце только показалось из-за горизонта, и воздух был свеж и прохладен. От пробежки по пляжу она получит колоссальное удовольствие. Зарядка пойдет ей на пользу — укрепит мышцы, взбодрит, настроит на творческий лад и подготовит к рабочему дню. Итак, Рэна решилась. Опасаясь передумать, она подлетела к шкафу и достала тренировочный костюм. Торопливо натянув кроссовки и надев очки, она выскочила из комнаты, боясь, что Трент не дождется и уйдет без нее.

Лениво разглядывая свои поношенные кроссовки, Трент молча подпирал стену коридора. Заслышав ее шаги, он поднял голову. Его темные глаза пристально взглянули на Рэну.

— Привет, — осторожно поздоровался Трент.

— Доброе утро.

Заметив, как она одета, Трент повеселел. На его соседке был серый тренировочный костюм, мешковатый и явно, как и вся ее одежда, не подходящий по размеру. Наряд дополняли кроссовки и бейсбольная кепка. Трент вспомнил сюжет второсортного фильма, в котором с простенькой библиотекарши снимают очки, она встряхивает головой и превращается в обольстительную нимфу. Откровенно говоря, он сомневался, что Рэна сможет выступить в этой роли.

— Вы готовы?

— Да. Сегодня прекрасное утро для пробежки. Совсем не душно.

— По сравнению с чем? — поинтересовался Трент, вытирая со лба капельки пота.

— По сравнению с джунглями Бразилии.

Он ухмыльнулся и кивком указал в сторону лестницы.

— Только после вас. Предупреждаю, это первый и последний раз, когда я пропускаю вас вперед.

От пляжа их отделяла пара кварталов, и они решили проехать это расстояние на машине. Кашляя и чихая, двигатель старенького автомобиля Рэны наконец завелся. Трент нехотя, но все-таки согласился поехать на пляж на ее машине. В любом случае терять этой куче металлолома уже нечего, и, даже если от морской соли краска с нее облезет, выглядеть хуже она уже не будет.

Перед пробежкой они решили размяться. К удивлению Трента, Рэна оказалась на редкость подвижной. Наблюдая, как она выполняет упражнения, Трент поразился изяществу ее движений. Ей ничего не стоило нагнуться и ладонями достать до земли. Конечно, Трент предпочел бы увидеть ее в чем-нибудь облегающем. Однако даже жуткий тренировочный костюм не мог скрыть от его опытного глаза гибкого женского тела.

— Будем дружить? — спросил Трент, приседая.

Рэна с трудом отвела взгляд от его мускулов.

— А вы действительно этого хотите?

Широко расставив ноги, Трент нагнулся, доставая руками до земли.

— Да, мне было бы приятно, если бы мы стали друзьями.

Когда он закончил упражнение, на его щеках играл румянец. Рэна не могла разобраться, что было тому причиной: физическое напряжение или легкое смущение, которое он испытывал.

— Хорошо, я согласна, — сказала она, улыбаясь.

Трент радостно кивнул в ответ, но все еще выглядел слегка растерянным. Нахмурив брови, он задумчиво покусывал губу.

— Я должен вам кое в чем признаться.

— В чем же?

— Мне никогда еще не приходилось просто дружить с женщиной...

Их взгляды встретились, и повисла долгая, многозначительная пауза.

В столь ранний час на пляже не было ни души. Молодые мамы еще не вывели своих малышей на прогулку. Не было видно и подростков, собиравшихся шумными группками и под дикие вопли приемника мазавших друг друга кремом для загара. Не пришли еще и отдыхающие в окрестностях семьи, вечно таскающие за собой огромные сумки для пикника и громко обсуждающие программу развлечений на предстоящий день.

Трент и Рэна были одни. Тишину, воцарившуюся на пляже, изредка нарушали крики чаек, круживших над заливом в поисках пищи, рокот волн, которые разбивались о песчаный берег, оставляя на нем длинные полосы пенных узоров.

— Никогда? — Голос Рэны слегка дрожал.

Трент взглянул на восходящее солнце и прищурился, пытаясь найти честный ответ на ее вопрос.

— Никогда. Даже в детстве, когда играл с соседской девочкой Рондой Сью Николсон. По моей просьбе мы часто играли в «семью». Я был «папочкой» и, уходя на работу, целовал ее на прощание.

— Сколько тебе было лет?

— Кажется, шесть или семь. Когда мне исполнилось восемь, я уже предлагал играть в «больницу».

— Вот видишь, даже в столь юном возрасте ты уже умел использовать женщин в своих интересах.

Судя по всему, это замечание огорчило Трента. Он кивнул:

— Наверное, ты права. Я всегда воспринимал женщину только как потенциальную сексуальную партнершу.

— В таком случае наша дружба позволит тебе пополнить жизненный опыт.

— Точно!

Разведя руки в стороны, Трент занялся поворотами. Через мгновение он остановился и озадаченно взглянул на Рэну:

— А как это делать?

— Что?

— Дружить с женщиной.

Рэна рассмеялась:

— Так же, как и с мужчиной.

— Правда?

— Правда.

— Спорим, что я первым добегу до пристани?

Трент сорвался с места и побежал.

Рэне хватило нескольких секунд, чтобы справиться с удивлением и броситься догонять соперника.

— Я выиграл! — послышался радостный вопль Трента, уже достигшего финиша. Он даже не запыхался.

— Так нечестно!

— Но именно так я всегда поступаю со своими дружками.

— Вот видишь, теперь ты начал пользоваться тем, что мы — друзья.

Откинув назад голову, она от души рассмеялась. Трент заметил, что передние зубы у нее слегка искривлены, и этот маленький изъян показался ему очень милым.

— Знаешь, Эна...

— Что? — Рэна сняла одну кроссовку и вытряхнула песок.

— Ты мне нравишься.

Услышав это, она резко вскинула голову, и ее босая нога застыла на весу.

— Тебя это удивляет?

— Я действительно удивлен, — сказал он, смущенно улыбаясь.

— Это потому, что ты перестал замечать, как я выгляжу,

— Как жаль, что люди придают внешности слишком большое значение, правда?

Рэна нагнулась, чтобы надеть кроссовку, и почти шепотом сказала:

— Да, ты прав.

Она догадывалась, как выглядит в глазах Трента мисс Эна Рэмси. Несчастной, невзрачной женщиной — вот как. Вряд ли он, как и все остальные, мог предположить, сколько горя может принести красота ее обладательнице.

— Ты что, нарочно позволила мне первым прийти к финишу? — недоверчиво поинтересовался Трент.

— Конечно.

— А ты хитрюга!

— Мне просто не хотелось рисковать нашей зарождающейся дружбой.

Рэна кокетливо наклонила голову и улыбнулась. Если бы то же самое сделала любая другая женщина, Трент бы подумал, что с ним флиртуют.

— Ну что, теперь ты готова к забегу на длинную дистанцию?

— Еще бы!

Не говоря больше ни слова, Трент сорвался с места и побежал. Сначала Рэна не отставала от него ни на шаг. Однако очень скоро

дало о себе знать длительное отсутствие тренировок. Задыхаясь, она остановилась и махнула
Тренту рукой, показывая, чтобы он ее не ждал.

— Продолжай без меня. Я подожду тебя
здесь! — крикнула она и в изнеможении опустилась на песок.

Трент присоединился к ней только через
полчаса. Несколько раз обежав вокруг того
места, где лежала Рэна, он дал уставшим мыш-
цам остыть. Наконец он упал на песок рядом с
ней.

Рэна лежала на спине, скрестив ноги и положив руки на живот.

— Ты похожа на маленький трупик из
мультика. Только цветочка в руках не хватает, — пошутил Трент.

— Не шуми. Дай подремать.

— Прекрасная мысль. — Трент вытянулся
подле нее. — Песок еще не успел прогреться.

— Это так приятно, да?

— Ага.

Повернувшись на бок и подперев рукой
щеку, Трент внимательно разглядывал ее про-
филь.

— Знаешь, а в тебе что-то есть.

Оглушенная этими словами, Рэна приподняла голову:

— Что?

— Какая-то загадка. В твоем прошлом определенно скрывается тайна.

— Не говори глупостей, — Рэна снова опустила голову на песок.

— Какая-то печаль...

— Я прошла через многое, но, поверь, ничем не отличаюсь от других женщин.

— Эна, скажи, что заставило тебя уединиться в доме тети Руби?

— А тебя?

— Ты прекрасно знаешь, почему я здесь. В Хьюстоне я веду слишком бурную жизнь. Я мало отдыхаю, и вряд ли мне удалось бы там залечить плечо.

— Ты мог бы заставить себя соблюдать режим.

— На это у меня не хватает силы воли.

Рэну развеселило это признание.

— Когда Руби сообщила мне, что ты здесь поживешь какое-то время, я подумала, не прячешься ли ты от бывшей супруги и ее адвоката.

Когда Рэна смеялась, ее грудь слегка подрагивала под серой тканью тренировочного костюма. Конечно, это не могло ускользнуть от внимания Трента. «Опять ты за свое, — с досадой подумал он, но тут же нашел себе оправдание: — Черт возьми, я же все-таки мужик!»

— Я никогда не был женат.

— Правда? — удивилась Рэна.

— Правда. А ты была замужем?

— Да. Несколько лет назад, совсем в юном возрасте.

Теперь настал черед Трента изумляться. После этого сообщения он окончательно утвердился в мысли, что эта женщина не так проста, как кажется.

— Надо же...

Рэна повернулась к нему лицом:

— Твое красноречие поражает. Я подозреваю, о чем ты сейчас думаешь. Так вот — ты ошибаешься.

— В чем?

— Очевидно, ты предположил, что коварный супруг разбил мне сердце и растоптал мое самолюбие.

— Но разве я далек от истины?

— Все было по-другому. Брак мы расторгли по обоюдному согласию. Мы решили, что так будет лучше для нас обоих.

— Однако ты не ответила на мой вопрос. Следует отдать тебе должное — ты умеешь ловко переводить разговор на другую тему.

Скажи, от кого ты прячешься в тетушкином доме?

— Я не прячусь! — воскликнула она с такой страстью, что Трент понял: он попал в точку.

— Да полно тебе, Эна. Такая умная, привлекательная, талантливая особа, как ты, никогда не стала бы жить в захолустном пансионе, не будь на то серьезной причины.

— Нет никакой серьезной причины. Я просто решила переменить обстановку и выбрала это место. Кстати, то, что я привлекательна, ты понял только сегодня утром, когда решил перестать вести себя как распущенный придурок и стал моим другом.

— Я с самого начала считал тебя симпатичной.

Стоило ему произнести эти слова, как он понял, что это — чистая правда. Говоря откровенно, Эна понравилась Тренту с первого взгляда.

— Согласен, твоя манера одеваться оставляет желать лучшего. И к тому же ты не...

— Красивая, — подсказала Рэна, тайно наслаждаясь неловкостью, которую он должен был испытывать, говоря ей подобное.

— Во всяком случае, не в общепринятом

значении этого слова. Но я получаю удовольствие от общения с тобой. И пожалуйста, не начинай снова обвинять меня в привычке использовать женщин в своих интересах. Я просто делаю тебе комплимент. Мне нравится общаться с тобой. Ты — единственная женщина, рядом с которой я могу быть самим собой, расслабиться и не строить из себя великого искусителя. Знаешь ли ты, как непросто играть эту роль?

— Могу себе представить, — задумчиво протянула Рэна. Уж она-то знала, что значит постоянно жить с оглядкой на других, стараться соответствовать ожиданиям, все время играть отведенную тебе роль...

Совершенно неожиданно Рэне пришло в голову, что они, будто влюбленные, совершенно одни лежат на пустынном пляже. От его молодого, крепкого тела исходило приятное тепло. Трент жаловался на нелегкую жизнь соблазнителя, а Рэна тем временем любовалась им. Ей нравился здоровый запах его тела, смешанный с солоноватым морским бризом, умилял беспорядок растрепанных волос, даже песчинки, прилипшие к его влажной коже, вызывали какое-то особое волнение. Затаив дыхание, она изучала дорожку волос, огибающую аккуратные плоские соски и окутывающую грудь, словно темная паутина.

— Так вот, это действительно сложно, — продолжал Трент, не замечая, какое впечатление производит на собеседницу вид его полуобнаженного тела. Рэна вся горела, ощущая приятное покалывание в набухших от возбуждения сосках. — Я холостой парень, профессиональный соблазнитель с сомнительной репутацией. Именно таким хотят видеть меня женщины. Именно эту роль я должен играть. У меня никогда не было такой подруги, как ты, с которой можно просто поговорить о жизни.

Трент провел ладонью по лицу. Боже, какой же он осел! Только что он понял, что впервые лежит рядом с женщиной на песке и не занимается с ней любовью, даже не думает об этом.

Они посмотрели друг на друга, и запретная мысль одновременно вспыхнула в их головах, тут же отразившись во взглядах. Им даже не нужно было физического контакта: эротические фантазии и без того заставляли вздрагивать их возбужденные тела.

Рэна представляла, как дотрагивается до

его груди, ощущая пальцами курчавые волосы, как касается тугих мышц...

Трент мысленно проникал под бесформенную одежду, исследовал тело Рэны, прикасался губами к ее упругой груди.

Она думала о том, что скрывается под короткими спортивными шортами.

В своем воображении он цловал ее мягкие чувственные губы, проникал языком в глубь ее рта, стремясь познать ее вкус.

Она почти ощущала, как он переворачивает ее на спину, накрывает своим сильным, мощным телом, обхватывает ногами ее ноги...

Больше всего на свете ему хотелось сейчас перевернуть ее на спину, накрыть ее изящную фигурку своим телом, обхватить ногами ее ноги...

Страсть, пробужденная фантазиями, стала настолько сильной, что они едва себя сдерживали.

Первым опомнился Трент. Он вскочил как ошпаренный и протянул руку Рэне. Прежде чем взяться за нее, Рэна завороженно на нее поглядела. Длинные, сильные пальцы, привыкшие ловить мяч, нежно сомкнулись на ее ладони и не отпускали ее все то время, что

Трент и Рэна брели до машины. Стыдясь собственных фантазий, в которых Рэна выступала главной героиней, Трент старался поддерживать непринужденную беседу.

Рэна также пыталась бороться с переполняющим ее тело возбуждением и, как могла, настраивала себя на рациональный лад. Они с Трентом просто друзья, товарищи, приятели. Именно этого она добивалась и требовала от него. Рэна больше не подпустит к себе ни одного мужчину. Хватит с нее романтики.

Трент убеждает ее, что для него внешность женщины не главное. Но это только слова, пустые слова. Недельки через две его плоть устанет от воздержания, и вряд ли разыгравшийся аппетит может удовлетворить такая бесцветная женщина, как мисс Рэмси.

— Какие у нас планы на сегодня? — спросил Трент, когда они оказались в прохладном полумраке прихожей дома Руби.

— Работать, работать и еще раз работать. — Рэна погрозила ему пальцем. — И даже не пытайся меня отвлекать.

— И это называется друг! А я надеялся, что мы...

— Трент! — В голосе Рэны послышались угрожающие нотки.

— Ладно-ладно. Молчу.

Заслышав их голоса, Руби вышла из столовой. Поверх джинсов на ней красовался фартук с рисунком в виде маргариток.

— Здравствуйте, мои дорогие. Мисс Рэмси, вас к телефону. Какой-то молодой человек. Я услышала, как вы пришли, и попросила его подождать. Трент, твой сок на кухне.

Рэна взбежала по лестнице, ворвалась в свою комнату и схватила телефонную трубку.

— Алло! — прокричала она, все еще задыхаясь от быстрой пробежки.

— Привет, Рэна. Это Мори.

— Здравствуй, Мори. — Рэна была рада услышать голос старого знакомого. — Как у тебя дела? Как давление?

— Оно придет в норму, если ты вернешься.

4

~Не могу, Мори. Я еще не готова.

— В таком случае когда тебя ждать?

— Не знаю. Возможно, я вообще не вернусь.

— Рэна, Рэна, — грустно вздохнул Мори. — Неужели тебе не надоело?

— Ты говоришь так, как будто я уехала, повинуясь детскому капризу. Уверяю тебя, на самом деле у меня были на то серьезные причины.

— Согласен, тебе приходилось нелегко. Твоей матери удалось совершенно отравить тебе жизнь.

Мори, мягко говоря, недолюбливал Сюзан Рэмси и не скрывал этого. Сюзан, в свою очередь, относилась к нему с крайним презрением, но вынуждена была терпеть его присутствие, поскольку от него зависела дальнейшая карьера дочери.

— Скажи, что она выкинула в последний раз? Наверное, что-то ужасное, если это заставило тебя бросить все и уехать.

Сам того не желая, Мори напомнил ей о позорном эпизоде, при воспоминании о котором Рэна испытывала почти физическую боль.

— Единственное, о чем я тебя прошу, Рэна, это быть с ним поласковее. Какая ты глупая, если сама этого не понимаешь, — раздраженно отчитывала ее мать. — Любая другая женщина была бы на ссдьмом небе от счастья, если бы мистер Александр проявил к ней такую благосклонность.

— Вот пусть другая и выходит за него замуж.

— Я разве что-нибудь говорила о замужестве?

— Не заговаривай мне зубы. Ты бы не морочила мне голову этим мистером Александром, если бы не надеялась на брак. У тебя чутье на выгодные сделки, а этот брак — одна из них.

— Неужели перспектива стать женой владельца крупнейшего косметического предприятия для тебя так ужасна? — скептически усмехнулась Сюзан. — Подумай, дурочка, что может значить этот союз для твоего будущего.

— Скорее, для твоего.

— Как мне надоели твои капризы! Мистер Александр позвонил и сказал, что в восемь часов за тобой приедет машина. Посмотри, какой чудный браслетик с бриллиантами он тебе прислал! Ты наденешь его сегодня вечером. А теперь иди и собирайся.

Этот браслет стал последней каплей, переполнившей чашу терпения Рэны.

— Я не продаю себя, — холодно ответила девушка. — Пусть мистер Александр заберет свой браслет. Я слишком уважаю себя, чтобы принять такой подарок.

Вместо того чтобы готовиться к свиданию с мужчиной, по возрасту годившимся ей разве что в дедушки, Рэна собрала самое необходимое и, не сказав ни слова, покинула роскошные апартаменты манхэттенского небоскреба.

Путь на юг предстоял долгий. В переполненном автобусе у Рэны было время вспомнить все интриги, которые мать плела за ее спиной. Однако стоило ли этим заниматься? С юных лет Рэна делала то, что считала нужным ее мать, — сначала посещала детскую театральную студию, потом школу моделей. Затем последовали съемки и бесконечные собеседования, после которых Рэне становилось стыдно за них обеих.

Сюзан Рэмси не знала устали в своем стремлении сделать из Рэны объект для подражания — сначала послушного ребенка, потом прекрасную юную девушку — в конце концов, идеальную женщину... такую, какой Сюзан не удалось стать самой. Для профессионального психолога эта тема: мать, пытающаяся в жизни дочери воплотить собственные несбывшиеся мечты, — могла бы послужить основой диссертации.

Рэна пала безвинной жертвой амбиций Сюзан Рэмси. Отец девочки погиб в автокатастрофе, и с тех пор Рэна стала орудием, с помощью которого Сюзан с завидным упорством осуществляла задуманное. Рэна пыталась бунтовать, но это случалось крайне редко. Она ослушалась мать, принудив Патрика, поистине самоотверженного молодого человека, жениться на ней. Этот брак, став вызовом, брошенным в лицо Сюзан Рэмси, закончился настолько плачевно, что Рэна решила больше не рисковать.

Требовательность Сюзан не знала границ — своими поступками она вновь и вновь доказывала это. У Рэны не хватало сил сопротивляться, и, смирившись, она безропотно исполняла все прихоти матери. Но последнюю выходку Сюзан — попытку продать дочь престарелому миллионеру — Рэна стерпеть не смогла. Это стало последней каплей, заставившей ее задуматься о своей жизни и своем подневольном положении. Окончательно утвердившись в мысли, что мать уже никогда не станет другой, Рэна поняла, что пришло время решительных действий. Ведь, кроме нее, никто не мог изменить сложившегося положения вещей. Оставить мать, бросить блистательную карьеру, уехать из Нью-Йорка — именно такое решение приняла отчаявшаяся Рэна, и этот поступок до сих пор казался самым разумным из всех, которые ей когда-либо приходилось совершать...

— Дело не только в матери, но и во мне самой, — терпеливо объясняла она Мори. — Пожалуйста, пойми меня. Я не могла больше так жить. Сейчас я чувствую себя превосходно. Сегодня утром я совершила пробежку по пляжу. Видел бы ты меня в тренировочном костюме и бейсбольной кепке! Конечно, внешне я не в лучшей форме, но состояние у меня теперь совершенно другое. Я обрела покой и свободу. Впервые в жизни я делаю то, что хочу сама, а не то, что требуют другие.

— Но, дорогая, неужели обязательно надо было уезжать? Ты могла бы просто сказать Сюзан, чтобы она раз и навсегда оставила тебя в покое.

— Ты действительно веришь, что это возымело бы хоть какое-нибудь действие?

Мори уклонился от ответа и перевел разговор на другую тему:

— Ты видела рекламу нижнего белья?

— Случайно. Меня чуть удар не хватил.

— Не тебя одну. Ребята из фирмы, которая его продает, чувствуют себя примерно так же. Они не понимают, почему рекламное агентство отложило кампанию аж на три месяца. После публикации в журнале количество продаж увеличилось в несколько раз. Они едва справляются с грандиозным наплывом покупателей, и все это благодаря твоему участию, Рэна. Ты украшаешь рекламные щиты по всем Соединенным Штатам. Теперь они хотели бы снять серию рекламных роликов.

— С моим участием?

— Конечно! В том же стиле, что и реклама в журналах. Они считают — в этом я с ними согласен, — что с твоей помощью простое хлопковое белье может стать столь же популярно, как в свое время голубые джинсы благодаря Брук Шилдс.

— Я рада, что реклама удалась. Но возвращаться я не намерена.

— Даже если за двухгодичный контракт ты получишь двести пятьдесят тысяч?

— Ты, наверное, шутишь? — Ошеломленная этой новостью, Рэна села на ковер, скрестив ноги по-турецки.

— Наконец-то мне удалось привлечь твое внимание. Но я не утверждаю, что нас с тобой устроит эта сумма. Я попробую выступить со встречным предложением — триста пятьдесят тысяч, и, думаю, в конечном счете нам удастся сторговаться на трехстах. Как тебе нравится такая мысль?

— Сомневаюсь, что это возможно.

— А зря. И я заодно разжился бы деньжатами.

Рэна прикусила губу.

— Мори, опять азартные игры? Ты снова оставил все деньги в казино?

— Давай оставим в покое мои пороки. А то ты сейчас мне напоминаешь мою бывшую жену. Поговорим лучше о твоем возвращении. Когда тебя ожидать в Нью-Йорке?

Краем глаза Рэна уловила свое отражение в огромном зеркале в углу комнаты. Как далека эта женщина, сидящая на полу посреди аккуратной, но скромной комнаты, от роскошной модели, рекламирующей нижнее белье! Несколько месяцев она не была в парикмахерской — от этого волосы цвета красного дерева выглядели неухоженными. Рэна ужаснулась, поглядев на свои квадратные, коротко остриженные ногти и забрызганные краской пальцы. От голливудской улыбки не осталось и следа — четыре передних зуба были заметно искривлены.

— Нет, Мори, я не вернусь, — тихо сказала Рэна, надеясь, что Мори выдержит этот удар. — Я уже не та, какой была раньше. Вряд ли они теперь захотят, чтобы я снималась. После нашей последней встречи я поправилась на пять килограммов. Даже если бы я захотела вернуться, ничего бы из этого не вышло.

— Ну и что! Отправим тебя на пару недель в спортивный клуб. Какой ты предпочитаешь — «Гринхаус» или «Голден дор»? Кажется, «Гринхаус» находится неподалеку от тебя. Если хочешь, я забронирую тебе номер.

— Мори, ты меня не слушаешь. Я не хочу возвращаться.

Пауза, последовавшая за ее словами, казалась мучительно долгой и напряженной.

— Но ты обещаешь хотя бы подумать над моим предложением? — в конце концов послышался голос Мори. — Такой контракт предлагают раз в жизни. Если хочешь, мы начнем потихоньку, не будем соглашаться на другие предложения. Триста тысяч долларов — это же целое состояние!

— Я понимаю, — чувствуя себя виноватой, ответила Рэна. Она сознавала, что из-за ее отказа Мори весьма пострадает в финансовом отношении. — Мори, я действительно польщена этим предложением и очень тебе благодарна. Но здесь у меня совсем другая жизнь. И она мне нравится.

Рэна поглядела на дверь, неожиданно вспомнив о Тренте. Почему именно сейчас, в решающий момент ее жизни, мысли о нем приходят ей в голову? Глупость какая! В любом случае, если она и останется в Галвестоне, не он будет тому причиной.

— У тебя есть пара дней, чтобы подумать. Они хотят все сделать побыстрее, но я могу заставить их подождать. Как и всем нашим клиентам, я сказал им, что ты в долгосрочном отпуске. Я перезвоню тебе в пятницу.

— Хорошо.

Рэна расстроенно покачала головой. Она-то знала, что ее ответ не изменится ни через пару дней, ни через несколько недель, но решила подготовить к этому Мори постепенно. От разговора о деньгах ей стало как-то не по себе. Дело в том, что Мори обладал даром предвидения и всегда чуял выгодную сделку.

— Мори, расскажи, как у тебя вообще идут дела?

— Неплохо. Не волнуйся за меня.

— Как твой бизнес?

— Прекрасно. После того как я связался с тобой, услуги моего агентства пользуются спросом.

Рэна облегченно вздохнула. Когда мать привела ее в модельное агентство Мори, оно переживало трудные времена. Карьера Рэны пошла в гору, и Мори позволил себе переехать в более престижный район. Скоро от клиентов не стало отбоя. Мори пришлось нанять себе нескольких ассистентов. Рэне было приятно сознавать, что ее успех помог Мори добиться его нынешнего положения.

— Хорошо, тогда до пятницы. Береги себя,

следи за давлением и не забывай принимать лекарства.

— Ладно-ладно. До свидания. Прошу тебя, подумай еще раз о моем предложении. Основательно подумай.

— Обещаю.

Рэна медленно положила трубку. Мори что-то недоговаривал — она это чувствовала. Заботится ли он как следует о своем здоровье? Вряд ли. Теперь некому следить за тем, сколько он курит и нормально ли питается. Рэна боялась, что Мори сильно переживал из-за ее решения уйти из модельного бизнеса.

Грустные размышления прервал настойчивый стук в дверь. Рэна вскочила. Тайная надежда, что за дверью стоит Трент, заставила сердце бешено колотиться. Уже схватившись за дверную ручку, Рэна поняла, что забыла про очки. Поспешно надев их, она наконец открыла.

— Мне без тебя скучно, выходи гулять.

Трент выглядел очаровательно. Его взъерошенные волосы не успели высохнуть после душа. Старенькая майка и спортивные шорты очень ему шли. Он снова был босиком, и на мизинце ноги красовался пластырь.

Трент казался таким симпатичным, что

Рэна поймала себя на том, что ей хочется, как Руби, потрепать его по щеке.

Трент являл собой воплощение великого соблазна. Рэна мысленно сравнила его с аппетитным мороженым, поставленным перед человеком, который сидит на строгой диете. Если попробуешь разок, все старания — коту под хвост.

— Не могу, — твердо ответила она.

— Ну пожа-а-а-луйста, — заныл Трент.

Рэна невольно рассмеялась.

— Мне некогда, у меня куча работы. Неужели тебе совсем нечем заняться?

— Я могу сходить в тренажерный зал и немного позаниматься с гантелями или подмести в теплице — Руби задумала посадить там цветы. Я бы ей помог, но вдруг у меня рука отвалится? Пожалуй, сегодня я буду бездельничать, — сказал Трент и весело подмигнул Рэне.

— А я — работать. Увидимся позже.

— И это называется друг, — уходя, проворчал Трент.

Закрыв дверь, Рэна улыбнулась. Она радовалась жизни, новому ощущению уверенности в своих силах. Было ли причиной тому появление Трента Гемблина? На этот вопрос Рэна не могла ответить однозначно.

Дни пролетали незаметно. Утренние пробежки, ставшие для них привычными, завтрак, приготовленный Руби к их приходу... Рэна сломя голову неслась к себе, чтобы успеть поработать при хорошем освещении. Трент вечно надоедал ей своими глупостями, но Рэна относилась к нему снисходительно. На него вообще трудно было обижаться.

В течение дня Трент помогал Руби по дому. Вечерами все трое собирались в гостиной посмотреть телевизор или поиграть в настольные игры. Один раз они совершили вечернюю прогулку по району. Говорливая Руби, которая знала самые сокровенные тайны каждой соседской семьи, веселила Трента и Рэну своими рассказами. На другой день Трент достал старую мороженицу, которую помнил еще с детства, вычистил ее, смазал ржавую ручку и попросил Руби приготовить ванильное мороженое. Несколько часов спустя, сидя на заднем дворике под сенью деревьев, они вкушали великолепный домашний десерт.

Рэна сравнивала эти спокойные вечера с суматошной жизнью Нью-Йорка. Без всякого сомнения, они ей нравились гораздо больше.

Трент не уставал удивляться, какое удовольствие может доставить общение с женщиной, когда не надо строить из себя Казанову, а достаточно просто расслабиться и наслаждаться жизнью.

В четверг Рэна обнаружила, что материал для работы практически закончился, и отправилась в магазин, чтобы его пополнить. Она возвращалась домой, согнувшись под тяжестью коробки, настолько громоздкой, что едва видела, куда ступают ее ноги. Наконец Рэна зашла в свою комнату, водрузила покупки на рабочий стол и, облегченно вздохнув, направилась в ванную комнату, намереваясь принять душ. То, что она там увидела, настолько потрясло ее, что в первое мгновение она просто лишилась дара речи.

На полу лежал мужчина. Рэна не могла рассмотреть его лица, поскольку голова его находилась под раковиной возле водопроводных труб. Однако, бросив взгляд на мускулистые ноги, она без труда узнала пришельца.

— Если это ограбление, то считаю своим долгом сообщить: водопроводные трубы — не лучшее место для хранения драгоценностей.

— Поистине остроумное замечание.

— Что ты сказал? — задиристо спросила Рэна.

— Ничего.

— Надеюсь, ты сможешь мне растолковать, почему лежишь на полу моей ванной, засунув голову под водопроводную трубу?

— Я узнал от Руби, что у тебя протекает раковина.

— Она действительно протекает, но я надеялась, что Руби вызовет профессионального водопроводчика.

Трент наконец высунул голову и возмущенно уставился на Рэну.

— Вот уж не думал, что ты брюзга. Так можно мне починить твою раковину? — Сказав это, он тут же нырнул обратно.

— Надеюсь, тебе это удастся. У меня и так уже промокла косметическая вата.

— Да, я нашел пару промокших кусочков.

— А чем здесь, интересно, пахнет?

— Помнишь, у тебя под раковиной стоял флакончик с антисептиком?

— Ты хочешь сказать, что...

— Да, я его случайно разлил. Но я не виноват. Крышечка была закручена недостаточно плотно. И вообще, чем ты недовольна? Не ты же лежишь под раковиной и вдыхаешь эту гадость.

Трент с головой ушел в работу, и у Рэны

было время беспрепятственно им полюбоваться. Как обычно, на нем были джинсовые шорты, своеобразная летняя униформа, и спортивная рубашка с расплывшимся от времени рисунком. За ненадобностью ее рукава были отпороты, и теперь распущенные нитки прилипли к загорелой коже. Расстегнутый ворот обнажал мощную грудь.

Взглянув на это великолепие, Рэна с трудом сглотнула. Руки Трента были подняты. При каждом движении мышцы груди напрягались. Плоский живот образовал впадину, внизу которой виднелся пупок. Сантиметрах в пяти от него проходила «молния» шорт. Джинсовая ткань выцвела, отовсюду торчали нитки, но шорты превосходно сидели на этом безупречном мужском теле, мягко повторяя его формы. Как ни пыталась, Рэна не могла отвести от него глаз.

— Эна?

Она виновато встрепенулась и сделала вид, что смотрит в другую сторону.

— Что?

— С тобой все в порядке?

— Да.

Неужели он заметил, что от волнения Рэне не хватает воздуха? Что с ней происходит? Ей не раз приходилось видеть полуобнаженных мужчин-моделей. Чего стоил один только разворот в журнале «Базар», посвященный купальникам, мысленно напомнила она себе. Рэна еще не забыла съемки на Ямайке и высоких, загорелых, стройных молодых людей, с которыми она позировала для журнала. Однако ни один из них, каким бы безупречно красивым он ни был, не волновал ее так, как Трент Гемблин.

— Подай мне, пожалуйста, отвертку.

— Отвертку?

— Да, у меня заняты руки. Видишь, где она лежит?

Еще бы Рэна не видела! Отвертка покоилась прямо на «молнии» его шорт.

— Эна?

— Что?

— Ты что, надышалась этой гадостью?

— Нет, я...

Она встала рядом с ним на колени и потянулась за отверткой. Дрожащая рука сжалась в кулак. «Не будь дурой, возьми эту чертову отвертку и отдай ему», — увещевала себя Рэна. Решившись, она протянула руку, но прежде чем схватить отвертку, на мгновение закрыла глаза. В итоге Рэна промахнулась. Не рассчитав, она взяла выше цели, рука пролетела мимо отвертки, и ладонь коснулась гладкой кожи живота. Искать отвертку пришлось на ощупь.

Трент лежал не шелохнувшись. По его телу прокатилась волна мелкой дрожи. Наконец Рэна схватила отвертку и не глядя сунула руку под раковину.

Дождавшись, когда Трент возьмет отвертку, Рэна выдернула руку из темноты, как будто из пасти кровожадного льва.

— Спасибо, — послышался хриплый голос.

— Пожалуйста, — ответила Рэна, пытаясь унять дрожь.

— Я скоро закончу.

— Ничего, не торопись. — Рэна поспешила подняться, однако ноги не слушались ее. — Мне нужно кое-что... сделать... Я ходила... ходила в лавку...

Так и не сумев закончить фразу, Рэна выскочила из ванной комнаты.

Дрожащими руками она принялась судорожно разбирать покупки. «Он, наверное, подумал... подумал... Один бог знает, что он мог подумать... Он... он такой крупный. Может, мне показалось? Может, я дотронулась до чего-то другого? Но я же нечаянно... Нет, я дотронулась именно до... до... О боже!»

Услышав, как он вошел, Рэна даже не обернулась.

— Я закончил, — объявил Трент.

— Хорошо. Спасибо.

— Эна?

— Что?

Рэна почувствовала, что он стоит совсем близко. Она закрыла глаза, стараясь не вдыхать этот до боли знакомый запах, не поддаваться теплу, исходящему от его разгоряченного тела. Она ощутила легкое прикосновение, а затем сильная рука уверенно легла на ее плечо.

— Эна... — нежно прошептал Трент.

Словно легкий ветерок, его дыхание коснулось ее волос.

Казалось, это так просто — повинуясь инстинкту, податься назад, прислониться к его груди. Повернуться к нему лицом, провести ладонями по его гладким загорелым рукам, подставить губы для поцелуя. Так просто и одновременно так сложно!

Усилием воли Рэна потушила пожар, разгорающийся внутри, и резко обернулась.

— Я благодарна тебе за помощь, — сухо сказала она, — но, как ты, наверное, заметил, я ужасно занята.

Пораженный ее официальным тоном и

надменным выражением ее лица, Трент замолчал и изумленно уставился на Рэну. Неужели она не... Его тело изнемогало от желания, а она делает вид, будто ничего не произошло! Что, к черту, творится? Конечно, у него богатое воображение, но такое не могло почудиться даже ему. Хрупкая ручка Рэны дотронулась до него, и от этого прикосновения Трент чуть не потерял рассудок. Он желал ее. Он безумно хотел обладать ею. Но если она считает, что ничего не случилось, он будет вести себя так же!

— Простите, что побеспокоил вас, мисс Рэмси. В следующий раз, когда мне захочется потратить полдня на починку вашей раковины, я постараюсь закончить работу до вашего прихода, чтобы не путаться у вас под ногами.

Сказав это, Трент стремительно выскочил за дверь и с силой захлопнул ее за собой.

Ужин в этот вечер тянулся бесконечно долго. Тренту так не хотелось идти на него! Он даже чуть было не сказал тетушке, что собирается провести вечер вне дома. Он устал от этой добровольной ссылки, соскучился по шумным вечеринкам. Ужин в ресторане, море выпивки и доступная, аппетитная девочка, ночь с которой заставит его забыть обо всем на свете, — вот что было ему нужно.

Трент нуждался в женщине. Причем в самом прямом, приземленном смысле этого слова. Нуждался в такой женщине, которая не завладеет его мыслями, которая будет нежно касаться его и не сделает потом вид, будто ничего не произошло. В такой, которая всю ночь напролет будет шептать ему комплименты и непристойности. К черту интеллект, дружбу, а тем более дружбу между мужчиной и женщиной! Ему нужен секс, только секс!

Как он ни пытался избежать ужина, это ему не удалось. Руби сообщила, что приготовила его любимое блюдо — фаршированную свинину. Покинув тетушку в этот вечер, Трент чувствовал бы себя законченным подлецом.

Угрюмый, он сидел за озаренным мерцанием свечей обеденным столом и время от времени бросал испепеляющие взгляды на Эну, которая казалась еще более замкнутой и отстраненной, чем обычно.

Руби почувствовала их скрытую враждебность — напряжение будто повисло в воздухе, — но не догадывалась, что могло стать причиной размолвки между молодыми людьми. Когда ужин подошел к концу, Руби ощущала такое беспокойство, что ей потребовалось срочно выпить чашечку травяного чая. Чтобы как-то удержать мисс Рэмси, которая как раз собралась уходить, Руби послала ее на кухню заварить чай. Тренту, которому тоже не терпелось поскорее сбежать, Руби также придумала занятие: сказала, что барахлит кондиционер, и попросила посмотреть, что с ним.

Через некоторое время они все встретились в гостиной и устроились перед телевизором. Показывали какой-то художественный фильм, однако Тренту было не до замысловатого сюжета. Его глаза то и дело останавливались на женщине, уютно устроившейся в кресле и наблюдавшей за происходящим на экране через дымчатые стекла очков. Эти очки выводили Трента из себя. Почему она не носит нормальные очки, как любая другая женщина, или, еще лучше, контактные линзы?

С другой стороны, вряд ли Эну Рэмси стоит считать нормальной. Она безошибочно выбирает для себя такую одежду, которая ей совсем не идет. Ее гардероб составляли исключительно мешковатые брюки, свободные кофты и на удивление бесформенные юбки.

Трента бесило ее отношение к собственной

внешности. Если бы она хоть чуточку постаралась, было бы на что посмотреть. Почему Эна никогда не укладывает волосы? Ему так хотелось взять щетку и самому зачесать их назад, чтобы хоть одним глазком взглянуть на ее лицо.

— Пойду принесу сахар, — пробормотала Руби и, оставив их одних, отправилась на кухню.

Мрачно сутулясь, Трент исподлобья изучал женщину-загадку, и его пристальный взгляд из-под нахмуренных бровей не остался незамеченным. Время от времени их глаза встречались. Рэна нервничала, и Трент это чувствовал. Мысленно он потирал руки в предвкушении сладкой мести: «Так ей и надо! Из-за нее я весь день не находил себе места».

Возвратилась Руби, и по комнате распространился кисловатый аромат бренди. В гостиной воцарилось молчание. Только тиканье старинных часов на каминной полке и взрывы хохота за кадром, сопутствующие любой второсортной комедии, нарушали тишину. Трент погрузился в раздумья, пытаясь объяснить себе, чем его так возбуждала Эна. Всех знакомых женщин он делил на две группы. В первую входили те, с кем он хотел переспать. Вторую же составляли дамы, с которыми он уже успел это проделать. С годами первая группа становилась все меньше и меньше.

Редкая женщина осмеливалась отвергнуть Трента Гемблина. Трент сам решал, в какой момент положить конец очередной связи. Высокая ли, маленькая, блондинка или брюнетка, бедная ли, богатая — Трент бросал ее, если она ему надоедала. Для женщин он всегда оставался неразгаданной тайной, поскольку видимых причин для его внезапного ухода обычно не существовало.

Эна Рэмси не была похожа ни на одну из его знакомых. И сейчас, сидя в гостиной, он ломал себе голову, не понимая, чем она его так заводит. Ее прикосновение, от которого он чуть с ума не сошел, стало следствием чистой случайности — в этом он теперь не сомневался. Однако, раз уж так вышло, зачем притворяться, будто ничего не произошло, зачем принимать вызывающую позу оскорбленной невинности?

Почему бы не расслабиться и не получить удовольствие?

Такой женщине, как мисс Рэмси, не повредила бы хорошая встряска. Трент, в свою очередь, всем телом, от макушки до пят, ощущал, как не хватало ему женского тепла. В итоге он решил, что им обоим пошло бы на пользу закрыться на пару часиков в спальне и предаться плотским утехам.

Иначе говоря, Трент нашел в себе силы признаться, что для него приятельские отношения с женщиной выходят за рамки возможного. К черту дружбу! Какая гадость! Он честно пытался стать ее другом, но ничего путного из этого не вышло. Единственная мысль, которая терзала Трента весь вечер, — как будет выглядеть мисс Рэмси, когда он снимет с нее этот балахон?

— Как ты думаешь, с ней все в порядке? — неожиданно послышался голос Рэны.

Трент встрепенулся. Неужели его усилия казаться угрюмым принесли долгожданные плоды? Эна весь вечер делала вид, что не замечает его присутствия, и наконец снизошла до разговора.

— Я спрашиваю, все ли в порядке с Руби? — повторила она, кивая в сторону тетушки.

Трент взглянул на Руби, которая уронила голову на грудь и мирно посапывала. Интересно, как давно она заснула? Почему же он не заметил этого раньше? «Потому, — ответил себе Трент, — что все это время моя голова была занята мыслями об Эне».

— По-моему, она не рассчитала и выпила слишком много чаю, — посмеиваясь, сказал он.

Рэна улыбнулась ему в ответ. Ее улыбка казалась Тренту прекрасной, он давно перестал замечать ее маленький изъян — слегка искривленные передние зубы.

— Может, нам стоит ее разбудить?

— Думаю, ей будет неловко.

— Пожалуй, ты прав.

Рэна поднялась, чтобы выключить телевизор.

Голубой экран погас, и комната погрузилась в кромешную тьму. Осторожно, стараясь не задевать мебель, Рэна подошла к дивану, на котором спала Руби. Трент встал.

— Тебе удастся донести ее до постели? — обернувшись, спросила она.

— Наверное, удастся.

На мгновение они замерли, глядя друг на друга в сгустившейся темноте. Руби тихонько похрапывала в унисон мерному тиканью часов. Тишина мягким покрывалом окутала их разгоряченные тела.

Рэна очнулась первой:

— Ты сможешь поднять ее?

— Конечно.

Радуясь долгожданной возможности израсходовать энергию, которая, казалось, грозила разорвать его тело в клочья, Трент нагнулся, взял спящую тетушку на руки и вдруг поморщился.

— Тебе больно? — с тревогой спросила Рэна и положила руку ему на плечо.

— Так, пустяки. — Удивленный, он не отрывал глаз от ее лица.

— Прости, я забыла, что у тебя травма. Зря я попросила тебя отнести ее наверх, — сказала Рэна, убирая руку.

— Может быть, ты пойдешь вперед и приготовишь для Руби постель?

Рэна поспешила выполнить его просьбу.

Комната Руби находилась в конце коридора, сразу за лестницей. Это было небольшое помещение, значительно уступающее по размерам апартаментам Трента и Рэны. Оно с трудом вмещало в себя несметное количество дорогих сердцу хозяйки вещей. Рэна сняла расшитое покрывало, откинула одеяла, и Трент осторожно, боясь разбудить, опустил свою тетушку на постель. Руби спала как убитая.

— Спасибо. Ты иди, а я ее раздену.

Трент не верил своим ушам. Любая из его знакомых сочла бы это занятие ниже собственного достоинства. Ему стало стыдно за свое поведение, за то, что весь день злился, про себя обзывал эту прекраснейшую из женщин то холодной старой жеманницей, то бессердечной ветреной кокеткой.

Ее случайное прикосновение вызвало в душе Трента бурю эмоций. А что испытывала она? Наверное, и ей с трудом удалось подавить в себе те же чувства. И после всего этого она еще собирается возиться с его подвыпившей тетей Руби?

Где-то в самой глубине его души зарождалось какое-то совершенно новое, доселе не изведанное, но настолько сильное чувство, что он едва мог говорить. Молча кивнув, Трент покинул комнату.

Прошла пара минут, прежде чем Рэна вышла в коридор и, к своему удивлению, увидела там ожидающего ее Трента.

— Все в порядке?

— Да. Ее не разбудит и пушечный выстрел.

Они бок о бок побрели по коридору. По дороге Трент методично гасил оставленный кое-где свет. Когда они наконец достигли своих дверей, то одновременно повернулись друг к другу, чтобы попрощаться. Трент жаждал прикоснуться к ней, провести рукой по ее щеке, почувствовать под пальцами бархатную кожу. Ему хотелось погладить ее волосы, намотать на руку струящиеся по спине длинные, тяжелые пряди, отвести их назад и наконец взглянуть в ее лицо. Трент мечтал снять с нее очки, узнать цвет глаз и разгадать их тайну, проникнуть под ее мешковатые одежды, погладить груди, которые так долго не давали покоя его воспаленному воображению. Он представил, как целует ее, проникает языком меж полуоткрытых губ...

Трент сознательно не позволил своему воображению зайти дальше. Однако разгоряченное тело заявляло о готовности воплотить эти мечты в жизнь.

— Спокойной ночи, Эна, — хрипло вымолвил Трент.

— Спокойной ночи.

Закрыв за собой дверь, Рэна бросилась к постели, уткнула разгоряченное лицо в прохладу подушки. По телу одна за другой прокатывались теплые волны. Как ей хотелось, чтобы Трент дотронулся до нее! «Прикоснись ко мне!» — едва не воскликнула она.

Однако Эна Рэмси не была красавицей, а Трент Гемблин, очевидно, привык заниматься любовью только с красивыми женщинами. «Заниматься любовью?!» Рэна шепотом отругала себя за подобные мысли. Именно она хотела, чтобы их отношения оставались дружескими. Неужели теперь, когда ее желание исполнилось, ей этого недостаточно?

Ответа на этот вопрос она не знала. В обществе Трента она испытывала противоречивые чувства — то казалась себе жалкой, то была на седьмом небе от счастья. Почему, когда он входит, у нее подкашиваются ноги, а при звуке его голоса все ее существо охватывает восторг?

Как рискованно, как глупо с ее стороны уделять ему столько внимания! Совсем скоро он уедет на сборы. Тогда его вновь закрутит вихрь развлечений, вновь засосет развеселая холостяцкая жизнь, и о ней он даже не вспомнит.

Рэна злилась на себя за то, что не может думать ни о чем другом, только о Тренте. Завтра она должна дать ответ Мори по поводу предложенного им контракта. Рэна так и не поняла до сих пор, хочется ли ей вернуться в Нью Йорк, к прежней жизни, чтобы снова стать единственной и неповторимой Рэной. Что хуже — вернуться домой или влюбиться в Трента Гемблина? Придется из двух зол выбирать меньшее. В любом случае ее сердце будет разбито. Что бы она ни решила, ясно одно: начиная с завтрашнего дня от Трента Гемблина стоит держаться подальше.

5

Так Рэна и поступила. Утром, когда Трент постучал, чтобы пригласить ее на пробежку, она не открыла, притворившись спящей. Немного подождав, Трент отправился на пляж без нее. Когда его шаги затихли, Рэна облегченно вздохнула. И все-таки, если быть откровенной с самой собой, следовало признать: она порядком расстроилась — уже ставший привычным утренний моцион дарил ей хорошее настроение, которое не покидало ее потом до самого вечера.

Аккуратно отгладив юбку, над которой она так долго и усердно трудилась, Рэна повесила ее на плечики и накрыла целлофановым чехлом. Без ложной скромности она считала эту работу лучшей из всех, которые ей доводилось делать, и надеялась, что миссис Резерфорд оценит эту вещь по достоинству.

На то, чтобы одеться и привести себя в порядок, ей теперь требовалось совсем немного времени. Помыв голову, Рэна не стала сушить волосы феном. Она нанесла немного увлажняющего крема на загорелую кожу, вспомнив при этом, что в детстве мать не позволяла ей играть на пляже и купаться, считая солнечные лучи вредными для здоровья.

Не теряя времени на макияж, Рэна надела дымчатые очки и облачилась в бесформенное платье без какого-либо намека на талию. Да, Барри придет в ужас, когда увидит ее.

Перед уходом Рэна спустилась на кухню перекусить.

— Вы не видели Трента? — наливая кофе, поинтересовалась Руби. Наблюдая за тем, как осторожно она двигалась и как при каждом резком звуке морщилась от головной боли, Рэна с трудом сдерживала улыбку.

— Нет. А что?

— Он, кажется, в ужасном настроении. Я думала, во время пробежки он поделится с вами причиной.

— Дело в том, что я не смогла сегодня присоединиться к нему, поскольку собираюсь в Хьюстон. Я его не видела.

— Так вот, он надулся и не хочет разговаривать. Вернулся с пробежки мрачнее тучи. Даже сока не выпил, сразу поднялся к себе.

— Гм. Интересно, — пробормотала Рэна, намазывая маслом тост. — Наверное, просто встал не с той ноги.

«Неужели Трент дуется на меня за то, что ему пришлось бегать одному?»

Иногда Трент вел себя совсем как ребенок, и его капризы вызывали у Рэны что-то наподобие материнского чувства. Она улыбнулась, но тут же одернула себя: она обязана оставаться хладнокровной и бесчувственной во всем, что касалось Трента Гемблина.

— Мне пора, — сказала она, поспешно заканчивая завтрак. — Раньше вечера меня не ждите.

— Удачи тебе во всех делах, дорогая. И пожалуйста, будь осторожнее за рулем. Никогда не знаешь, чего ожидать на этих загородных шоссе.

— Обещаю смотреть в оба.

Рэна чмокнула Руби в щеку и вышла из дома.

Гараж находился в конце двора, отдельно от основной постройки, но гармонично сочетался с архитектурным стилем здания. Спортивная машина Трента была припаркована за автомобилем Руби, и Рэна обрадовалась, что не придется просить Трента освободить путь. Повесив вешалку с юбкой на крючок, Рэна села за руль.

Как обычно, ее старенькая машина не соизволила завестись с первого раза. Рэна не придала особого значения пыхтению и прочим звукам, которые издавал двигатель, — она к этому привыкла. Но по прошествии некоторого времени ее терпение иссякло. Поняв, что вдохнуть жизнь в упрямый двигатель ей не удастся, Рэна тихо выругалась. Она пробовала еще и еще раз, но все понапрасну. Она уже и не надеялась попасть в Хьюстон. А оказаться там именно сегодня было для нее жизненно важно.

— Черт возьми! — от злости ударив кулаком по рулю, воскликнула Рэна. Барри придет в бешенство, если получит юбку с опозданием.

Рэна вернулась к заднему крыльцу.

— Руби! — кликнула она хозяйку. — Ходит ли автобус от Галвестона до Хьюстона?

Не услышав ответа, она вошла на кухню, где сразу же увидела Трента, жевавшего кусок поджаренного бекона. Руби не спеша потягивала кофе, приложив к разболевшейся голове мешочек со льдом.

— А я-то думал, что ты уже уехала.

Изо всех сил Рэна старалась не смотреть в сторону Трента, который, как назло, вырядился в спортивную рубашку и слаксы и выглядел потрясающе. Его летний пиджак болтался на спинке стула.

— Моя машина не заводится. Придется ехать на автобусе. Где здесь ближайшая остановка?

— Я сегодня как раз собирался в Хьюстон. Если хочешь, могу тебя подбросить.

— Ты просто прелесть, — улыбнулась Руби своему любимцу. — Присаживайтесь, мисс Рэмси, и выпейте с нами кофейку.

— Но я должна ехать, — попыталась протестовать Рэна.

Она не могла позволить, чтобы Трент сопровождал ее на встречу с Барри, который наверняка что-нибудь ляпнет и тем самым выдаст ее с головой. К тому же всю ночь Рэне не давала покоя мысль о предложенном контракте. Приняв его, Рэна смогла бы избежать надвигающегося, как асфальтовый каток, романа с Трентом. Если она согласится вернуться к прежней жизни, будет лучше просто исчезнуть, уйти по-английски. Трент так никогда и не узнает, кем на самом деле является серая мышка мисс Рэмси, а если вдруг узнает, то взбесится от злости и никогда не простит Рэне эту ложь.

— Наверное, нам не по пути, — сказала она с надеждой.

— Куда ты направляешься?

— В «Галерею».

— Вот и прекрасно. — Он кивнул ей так, как будто все уже решено. — Я как раз еду на прием к врачу насчет плеча. Он работает недалеко от того места, куда тебе нужно. Ты готова? — спросил он, поднимаясь из-за стола.

— По правде говоря, мне неловко так затруднять тебя.

— Послушай, — сказал он, раздраженно сдергивая пиджак со спинки стула. — Мне в любом случае придется поехать. С твоей стороны было бы безумием добираться до Хьюстона на переполненном автобусе. Итак, ты едешь со мной или нет?

Конечно, ей этого не хотелось. Однако, рассудив трезво, Рэна решила, что у нее нет выбора.

— Спасибо. Я поеду, — опустив голову, промямлила она.

Они простились с Руби, неустанно повторявшей, чтобы они были осторожны, и направились к спортивному автомобилю Трента. Устроившись на переднем сиденье, Рэна бережно положила юбку миссис Резерфорд на колени.

— Прости за неудобство, — заметив это, сказал Трент. — Видишь ли, такие машины не оборудованы крючками для одежды.

— Ничего страшного.

Они надолго замолчали. Чувствуя себя неловко, Рэна наконец решилась начать разговор:

— Как твое плечо?

— Ты лучше скажи, почему сегодня утром, когда я постучался, ты не открыла дверь?

— У меня не было времени. Я готовилась к поездке в Хьюстон.

— Неужели нельзя было просто открыть дверь и все объяснить?

— Очевидно, я была в душе и не слышала, как ты стучал.

— Я что-то не припомню, чтобы слышал шум воды.

— И часто ты подслушиваешь под моей дверью?

— А ты часто врешь?

Вновь воцарилась напряженная тишина,

которую нарушали лишь сдавленные проклятия Трента и характерные звуки автомобильной пробки, сформировавшейся у подступов к Хьюстону.

Через некоторое время Рэне стало стыдно за них обоих. Два взрослых человека, а ведут себя как дети, не поделившие игрушки!

— Все-таки как твое плечо? — вновь поинтересовалась она.

— Я не понимаю тебя, Эна! — не выдержав, заорал Трент, рывками лавируя между машинами, которые, по его мнению, двигались слишком медленно. Должно быть, он долго копил в себе раздражение, и своим вопросом Рэна дала прекрасный повод выплеснуть его наружу. — Согласен, ты имела полное право злиться, когда я приставал к тебе. Ты одернула меня, и я признал, что заслужил это. Я так надеялся, что мы действительно станем друзьями, однако тебя все время что-то не устраивает. Как можно быть такой упрямой, жесткой и неприступной! Неудивительно, что ты осталась без друзей и без мужа.

Машина свернула к одному из съездов, ведущих к гигантскому торговому комплексу.

— Я выйду здесь, — прошипела Рэна сквозь зубы и схватилась за дверную ручку.

Послышался визг тормозов, и машина остановилась. Сдержанно поблагодарив Трента, она вышла.

— Увидимся через пару часов?

— Хорошо, — сказала она и резко захлопнула дверцу автомобиля.

Настроение Рэны было безнадежно испорчено, и встреча с Барри ничуть его не улучшила. По магазину бродили несколько покупателей, к которым липли назойливые как мухи продавцы. Стоило Рэне войти, как к ней подлетел Барри, схватил под руку и потащил через весь магазин к себе в контору. По сравнению с торговым залом, оформленным с безупречным вкусом в спокойных пастельных тонах, офис Барри напоминал небольшую свалку, пропитанную едким табачным дымом.

— Боже мой, с каждым разом ты выглядишь все хуже и хуже!

— Барри, не начинай, пожалуйста, все сначала, — взмолилась Рэна и, повесив юбку миссис Резерфорд на крючок, в изнеможении плюхнулась на свободный стул. — Мне с утра уже успели подпортить настроение.

— Да, по тебе это заметно. Вид у тебя просто отвратительный.

— Благодарю за комплимент. Но только это меня и спасает. Кстати, скажи, пожалуйста, как тебе в голову пришло повесить в секции нижнего белья плакат с моим изображением?

— Дорогая, он помогает мне продавать трусики. Десятки трусиков. Поверь мне, — добавил он, с явным отвращением оглядывая Рэну с головы до ног, — в таком виде тебя все равно никто не узнает. К тому же я сделаю все, что в моих силах, чтобы сохранить твое инкогнито. Представляешь, что произойдет с моими покупателями, если перед ними предстанет их кумир — Эна Р. Они будут в шоке, когда вместо эксцентричной художницы — а именно такой они тебя представляют — увидят пугало огородное.

— У тебя есть минеральная вода?

— Да. — Барри открыл миниатюрный холодильник, кое-как поместившийся под провисшей полкой. — Только не надейся, что я позволю тебе расслабиться и отдохнуть. Мы должны обсудить кучу дел. Кстати, я в восторге от юбки. — Барри снял чехол и внимательно осмотрел изделие со всех сторон. — Думаю, миссис Резерфорд сойдет с ума от счастья.

Через полтора часа, воодушевленная новыми идеями, четырьмя заказами и чеком на солидную сумму, Рэна собралась уходить.

— Хорошо, что я догадалась прихватить со склада кое-что из шелка и хлопка, — сказала она Барри. — Проконтролируй, пожалуйста, чтобы на следующей неделе швея сняла с заказчиков мерки. Мне нужны именно те, которые она снимет сама, а не те, которые приносят клиенты. Ты ведь понимаешь, в этом вопросе дамы обычно склонны к самообману.

Барри подошел к Рэне и отвел тяжелые пряди волос от ее лица. Несколько мгновений он не отрываясь смотрел на нее.

— О, как приятно видеть ту, кто хоть отчасти напоминает прежнюю Рэну! Не понимаю, почему ты не хочешь пойти в салон красоты Неймана сделать прическу и макияж? Я бы нарядил тебя во что-нибудь из последней коллекции Унгаро. А как насчет белого шелкового джемпера от Камали? Тебе бы очень пошло. Мы смогли бы устроить показ одежды с твоим участием, и тогда от покупателей не было бы отбоя. Подумай, ведь это пошло бы на пользу и тебе, и мне.

— Нет, Барри. — Рэна отрицательно покачала головой, и Барри выпустил из рук шелковистые пряди, с сожалением наблюдая, как, падая на лицо, они вновь закрывают ее красивые скулы.

— Дорогая, неужели ты больше никогда не будешь заниматься тем, в чем тебе нет равных?

— Именно это мне недавно предложил сделать Мори. — Рэна рассказала Барри о контракте. — Я еще не решила, соглашаться или нет.

Барри огорченно вздохнул:

— Скажи, ты счастлива от того, что живешь такой жизнью?

— Счастлива? — Рэна не знала, испытывала ли она когда-нибудь это чувство. — Во всяком случае, довольна, и мне этого вполне достаточно.

Не желая продолжать эту сентиментальную беседу, Рэна поблагодарила Барри за заказы, поцеловала его на прощание и пообещала подумать над его очередной безумной идеей.

Выйдя из магазина, она с ужасом поняла, что не сказала Тренту, где ее ждать. Однако ей не пришлось ломать голову над этой проблемой. Недалеко от магазинчика Барри Рэна увидела Трента, бесцельно слоняющегося взадвперед. Время от времени он останавливался и лениво оглядывал прохожих.

В который раз Рэна отметила, насколько Трент хорош собой. Подобно магниту, его красота притягивала к себе с непреодолимой силой, и Рэне все труднее было сопротивляться этому притяжению. Широкие плечи, крепкие мышцы... Тем не менее в отличие от многих профессиональных футболистов Трент не выглядел слишком громоздким. Одежда, простая, но, судя по великолепному крою, приобретенная в дорогом магазине, прекрасно сидела на его стройной фигуре. Рэна невольно залюбовалась его темными волнистыми волосами, кое-где вьющимися колечками. Темные очки Трент, очевидно, как и она, надел для того, чтобы оградить себя от многочисленных поклонниц.

Оставаясь незамеченной, Рэна медленно пробиралась сквозь толпу к Тренту, радуясь возможности беспрепятственно разглядывать его. К сожалению, это продолжалось недолго: Трент повернул голову и, похоже, тотчас же заметил приближающуюся к нему Рэну. Расталкивая окружающих, он поспешил в ее сторону.

— Прости меня, Эна, — выдохнул он с ходу, как только оказался рядом с ней. — Я тебе такого наговорил...

Спешащая куда-то по делам дама врезалась

в него сзади. Трент подхватил Рэну под руку и повел прочь из толпы на небольшое свободное пространство у стенки, где отгородил ее от окружающих своей мощной спиной. Расстояние между ними было столь незначительным, что Рэне пришлось откинуть голову назад, чтобы посмотреть на него. Трент снял очки и торопливо сунул их в нагрудный карман пиджака. Было видно, что он не на шутку взволнован.

— То, что я сказал тебе в машине, было... было непростительно с моей стороны, — произнес наконец Трент. — Я не хотел тебя обидеть. Просто я был зол как черт.

— Ты не должен оправдываться.

— Нет, должен. Это тебе. — Из-за спины Трент извлек букетик маргариток. — Хотел купить розы, но, к сожалению, их уже распродали. Ты меня прощаешь?

Рэна молча смотрела на нежные непритязательные цветы. Глаза ее наполнились слезами. Она поднесла букетик к лицу и вдохнула сладкий цветочный аромат. Конечно, ей часто дарили букеты. В основном это были экстравагантные композиции из роз и орхидей — их присылали и клерки, и президенты компаний. Для Рэны эти подношения не значили ровным счетом ничего.

Маленький скромный букетик застенчивых маргариток был самым дорогим подарком из всех, которые ей когда-либо доводилось получать.

— Спасибо, Трент. Они очень красивы.

— Я не имел права разговаривать с тобой в таком тоне.

— Я сама виновата.

— Как бы там ни было, я прошу у тебя прощения.

— Ладно, забыли.

Торговый центр был до отказа заполнен народом. Не шевелясь, Трент и Рэна стояли посреди шумной толпы, продолжая глядеть друг на друга.

— Ты меня долго ждала?

— Нет. Я заметила тебя сразу, как только вышла из магазина.

— Мне следовало бы назначить место встречи, но я был настолько взбешен, что забыл это сделать.

— Ничего страшного. Мы все равно нашли друг друга.

— Да, мы нашли друг друга.

Трент не отводил от нее глаз, и слова эти в его устах неожиданно приобрели более глубокий смысл, чем он сам, возможно, собирался в них вложить. Трент вплотную придвинулся к Рэне, кончиками пальцев дотронулся до ее лица. Шепча ее имя, он наклонил голову и прижался губами к ее щеке.

Рэна замерла. Несчастные маргаритки, которые она держала в руках, оказались зажаты между их телами. Ее ноздри учуяли особый, только ему присущий аромат, в котором сочетались и запах солнечных лучей, и легкий соленый привкус моря.

На мгновение окружающий мир перестал существовать. Он полностью завладел ее сознанием. Ей хотелось уткнуться носом в его теплую шею и всей грудью вдохнуть этот волнующий запах. Прохлада его губ растворилась в жарком румянце ее щеки. Рэна чувствовала тепло его неровного дыхания, когда, осыпая поцелуями ее лицо, он продолжал шептать ее имя. Рэне захотелось прильнуть к его мощному телу и не расставаться с Трентом никогда.

Вдруг он замер, будто обдумывая что-то, затем отступил назад.

— Давай уйдем отсюда. — Он взял девушку за руку и повел ее в сторону выхода.

— Кстати, как твое плечо? — поинтересовалась Рэна, когда они уже сели в машину и отъехали от торгового комплекса.

— Ты меня уже в десятый раз спрашиваешь об этом, — рассмеялся Трент.

— Но ты мне так и не ответил. Что сказал врач?

— Он сказал, что к началу сборов я буду в прекрасной форме.

— Трент, я так рада за тебя! — стараясь говорить с энтузиазмом, воскликнула Рэна. Но в сердце ее поселилась грусть: когда Трент уедет на сборы, их отношениям придет конец, он покинет ее навсегда.

— Наверное, отдых и спокойная жизнь на природе сделали свое доброе дело. — Трент повернулся к Рэне, и его загорелое лицо осветила улыбка. — Ты голодна?

— Да, — кивнула она. — Я же не обедала.

— Я тоже.

Трент повез девушку в один из своих любимых мексиканских ресторанов. Рэна была не прочь отведать острой латиноамериканской пищи, которая так полюбилась ей в последнее время.

— Ты уверен, что мы выйдем отсюда живыми? — пошутила Рэна, с опаской оглядывая ветхое здание, возле которого притормозил Трент.

Откровенно говоря, это заведение больше походило на второсортную забегаловку. Над сильно покосившимся от времени крыльцом красовалась выцветшая вывеска. Прочитать название ресторана было практически невозможно — буквы совсем поблекли. За грязными оконными стеклами виднелись яркие искусственные цветы, служившие, очевидно, единственным украшением этого богом забытого места.

— Конечно, это не самое фешенебельное заведение в городе, но готовят здесь потрясающе.

Трент оказался прав. Они прекрасно провели время и очень вкусно поели. Обслуживала их невероятно толстая женщина. По-видимому, она была с Трентом накоротке: эта толстуха то и дело по-матерински гладила его по щеке и называла ангелочком. За обедом Рэна и Трент много шутили и смеялись. Впервые за много дней Рэна чувствовала себя так легко и непринужденно. На какое-то время она даже забыла о своем решении держаться от Трента подальше, таким милым и безобидным он ей сейчас казался.

Они подъехали к дому, когда уже стемнело. Руби встретила их у входа:

— Где же вы пропадали? Я уже начала волноваться. Трент, неужели ты забыл, что сегодня вечером обещал отвезти меня в кегельбан?

Рэна заметила, что Тренту явно хотелось избавиться от этой обязанности. Он едва сдержал вздох огорчения и, чтобы не портить настроения тетушке, через силу улыбнулся:

— Конечно, не забыл. Я ждал этого дня всю неделю. Ничего, если с нами поедет Эна?

— Втроем нам будет еще веселее.

Но Рэне не хотелось рисковать воспоминаниями о чудесном дне, проведенном с Трентом. Вдруг что-нибудь испортит ее счастливое, безмятежное настроение? Да и тете следует иногда побыть с любимым племянником наедине...

— Знаете, я совсем не умею катать шары и, кроме того, очень устала, — сказала она. — Будет лучше, если вы поедете вдвоем, а я наконец улягусь в постель.

Рэна думала, что Трента ее отказ расстроит. Судя по тому, что Руби еле выпихнула его из дома, так и оказалось.

— Не забудь запереться на ночь, — прощаясь, сказал Трент, всем своим видом демонстрируя, что предпочел бы остаться с ней, а не сопровождать тетушку в кегельбан. Обернувшись в последний раз, он послал Рэне улыбку, от которой на душе у нее стало светло и спокойно.

Зайдя к себе в комнату, Рэна первым делом поставила букетик маргариток на видное место, чтобы все время любоваться ими. Затем она погрузилась в горячую пенную ванну.

Когда Рэна уже выходила из ванной комнаты, раздался телефонный звонок.

— Где тебя носило весь день? — знакомый голос звучал сердито.

— Во-первых, здравствуй, Мори. А во-вторых, мне нужно было съездить в Хьюстон.

— То же самое мне сказала твоя хозяйка.

— Мори, ты бы гордился мной, если бы знал, сколько денег я заработала.

— Как жаль, что я уже не получаю комиссионных...

Рэна заволновалась — неужели у Мори так плохо с деньгами?

Она хотела было поинтересоваться, так ли это на самом деле, но Мори сразу перешел к делу:

— Ты обдумала мое предложение?

— Да.

— Не тяни, скажи, что ты решила?

— Я отказываюсь.

Конечно, это решение не было скоропалительным. Рэна тщательно взвесила все «за» и «против», прежде чем дать окончательный ответ. Весь прошлый вечер она пыталась убедить себя вернуться к прежней жизни, несмотря на ту горечь, которую испытывала при воспоминании о ней.

День, проведенный с Трентом, заставил Рэну заново переосмыслить прожитое. Нет, она больше никогда не станет прежней. Однажды став «Эной», она достигла многого, и свидетельство тому — преподнесенный Трентом букетик маргариток. Впервые мужчина подарил ей цветы не потому, что ее портреты красуются на каждом углу и появление с ней на людях вызывает зависть у окружающих. Этот скромный букетик означал, что наконец-то ее оценили не за блистательную внешность, а за то, что скрывается за ней.

Так стоит ли возвращаться в тот иллюзорный мир, где она была лишь товаром, который хорошо продавался, поскольку всевышний дал ей красивое лицо и стройное тело?

— Ты хоть понимаешь, от чего отказываешься?

— Мори, прошу тебя, не пытайся меня уговаривать. Я так решила, и точка. Может быть, я и вернусь, но только не сейчас.

Мори грустно вздохнул. Было совершенно ясно: он до последнего надеялся, что случится чудо и Рэна согласится.

— Так, значит, тема закрыта?

— Да.

Потом они поболтали немного на отвлеченные темы. Рэна поинтересовалась, как идут дела у ее матери. В ответ Мори разразился тирадой, состоящей из не самых лестных выражений в адрес Сюзан Рэмси, но в итоге сообщил, что у нее все в порядке.

— Твоя мамаша растерзает меня на куски, если узнает, что ты отказалась от контракта. До тебя она не доберется, так что мне попадет за двоих.

— Да, нелегко тебе придется!

— Такова жизнь. За удовольствие общаться с тобой приходится платить.

— Признайся, я тебя ужасно расстроила?

— Расстроила — это правда. Но не ужасно. Мне кажется, что ты немного сумасшедшая, но я тебя все равно обожаю.

— Я тебя тоже. Прости, что приношу тебе одни неприятности.

— Что поделаешь... Так уж мы устроены.

Они попрощались, и Рэна повесила трубку. Хотя принятое решение казалось ей единственно правильным, она чувствовала себя как-то неуютно. Разговор с Мори навеял тоску по дому, и Рэна вдруг осознала, как не хватает ей привычной обстановки и старых знакомых. Но затем ее взгляд остановился на букетике маргариток, и словно лучик света озарил ее душу. Уныние вновь сменилось тем солнечным настроением, которое сопровождало ее весь день. Рэна заснула со счастливой улыбкой на губах.

Когда она открыла глаза, день уже был в полном разгаре. Первым делом она взглянула в окно. Солнце давно уже встало, а будильник показывал, что близится полдень. Как только Рэна поднялась с постели, она заметила под дверью листок бумаги.

«Я стучался дважды, но в ответ не услышал ни звука. Наверное, ты отсыпаешься. Одобряю. Встретимся позже».

Хотя записка не была подписана, Рэна без труда определила, кто ее автор.

Одевшись, она спустилась вниз. В доме не было ни души, и Рэна направилась на задний дворик, в теплицу. Руби очень гордилась результатами, которых добилась, приведя теплицу в порядок.

Под стеклянной крышей было невыносимо душно. Горячий влажный воздух был пропитан запахом свежевскопанной земли. Капельки влаги собирались на раскаленных от солнца стеклах. Звук ее шагов полностью тонул во влажной почве, не нарушая тишины, окутавшей теплицу. Проходя между рядами цветочных горшков, расставленных на длинных столах, Рэна остановилась, чтобы рассмотреть растения. С радостным изумлением она разглядывала каждый цветок, каждый нежный лепесток, поражаясь разнообразию их оттенков и изысканной красоте и сложности строения.

— Лениться грешно.

— Ой! — от неожиданности вскрикнула девушка и обернулась.

— Опять я за старое. Подкрался и напугал тебя. Прости, я не хотел.

Трент скинул с плеча тяжелый мешок торфа и вытер руки о джинсовые шорты. Его майка была насквозь пропитана потом.

Рэна улыбнулась:

— Я знаю, что ты не нарочно. Просто здесь так тихо. Кстати, доброе утро. А где Руби?

— Я заставил ее пойти к себе и прилечь. Мы ходили за торфом; и от жары ей стало дурно. Я пообещал тете, что все доделаю сам.

— А что именно надо сделать?

— Высадить рассаду в горшки, — объяснил Трент, кивнув в сторону столов.

— Какие красивые бегонии, — сказала девушка, закатывая рукава. — Можно, я тебе помогу?

— Если тебе лень, то можешь этого не делать.

— Но я действительно хочу помочь.

В детстве Рэне не позволяли играть в пыльном дворе. По большому счету ей не разрешалось ничего, что могло нанести ущерб ее безупречной внешности. Ни единой складочки на платье, ни прядки, выбившейся из прически, не потерпела бы Сюзан Рэмси. Рэне запрещалось кататься на велосипеде, поскольку она могла разбить коленку, а ссадин и царапин следовало избегать любой ценой.

Став подростком, Рэна время от времени пыталась бунтовать, но каждый акт неповиновения наказывался крайне сурово, и скоро своей беспредельной жестокостью Сюзан отбила у девочки любовь к приключениям.

Подрастая, Рэна страдала от недостатка общения со сверстниками: мать запрещала ей играть с соседскими ребятишками.

В отрочестве у нее совсем не было подруг. Все девочки старались держаться от нее подальше. Какая более или менее сообразительная особа женского пола захочет, чтобы ее сравнивали с Рэной Рэмси?

В школе Рэну редко приглашали на свидания. Молодые люди с опаской относились к ее божественной красоте, считая, что для первых опытов можно найти кого-нибудь попроще.

Теперь Рэна с радостью ухватилась за возможность повозиться в грязи и с энтузиазмом спросила:

— С чего начинать?

— Сначала надо раздеться.

— Что?

— Разве это плохая идея?

— Плохая.

— Не стесняйся. Я тоже разденусь, если тебе от этого станет легче, — сказал он и рассмеялся, заметив ее растерянность. — Эна, в этой одежде ты умрешь от жары. Здесь жарко, как в сауне.

— Нет-нет. Мне и так хорошо.

— А вдруг ты растаешь, и от тебя останется только куча никому не нужной одежды? Что я с ней буду делать?

Притворясь рассерженной, Рэна свирепо блеснула глазами:

— Не волнуйся, со своей одеждой я разберусь сама.

Трент с сомнением покачал головой. Может, у нее какая-то страшная кожная болезнь, и она не хочет, чтобы кто-нибудь узнал об этом? Каждое утро она выходила на пробежку в тренировочном костюме, закрывающем все ее тело, от шеи до щиколоток.

— Хорошо. Только если ты получишь тепловой удар, помни — я тебя предупреждал.

Трент терпеливо проинструктировал Рэну, как правильно наполнить горшок черноземом и в какой пропорции смешать его с торфом. Рэна оказалась способной ученицей — вскоре она махала совком так ловко, словно занималась этим всю жизнь.

Время от времени она машинально вытирала со лба капельки пота и так увлеклась, что даже не замечала, как палит полуденное солнце.

— Ты не будешь возражать, если я разденусь? — через некоторое время спросил Трент.

— Пожалуйста.

Он стянул через голову мокрую майку и бросил ее на землю.

— По-моему, я сейчас растаю.

Рэна сама таяла, глядя на его обнаженный торс. Все внутри пылало, и вовсе не от полуденного зноя. Просто ее охватило неистовой силы желание.

— Мне кажется, для игры в футбол ты в отличной форме, — сказала она, проглатывая комок в горле. Его тело поражало своей мощью. При каждом движении под загорелой кожей перекатывались тугие мускулы.

— Надеюсь, так и есть, — сказал Трент и нахмурился. В его голосе отчетливо слышалось беспокойство.

— У тебя на этот счет есть сомнения?

Трент натянуто улыбнулся и вновь помрачнел.

— Я привык к подобного рода сомнениям. Мне вообще, наверное, свойственна некоторая неуверенность в себе.

— Но ты же известнейший спортсмен! —

Поймав его удивленный взгляд, Рэна поясни-
ла: — Это рассказала мне Руби, когда ты только приехал. Если она не преувеличивает, ты —
один из лучших футболистов в Соединенных
Штатах.

Раньше Трент принял бы этот комплимент
как должное. Но с Рэной ему не хотелось лука-
вить.

— Конечно, я отыграл пару удачных сезо-
нов. Но последний окончился полным прова-
лом.

— Почему?

— Я старею.

Рэна отложила совок в сторону.

— Стареешь? Но тебе нет и тридцати пяти.

— Для профессионального футболиста
тридцать пять лет — преклонный возраст.

Он нечасто рассказывал о своих страхах.
И сейчас от неловкости вертел в руках садовую
лейку и боялся поднять глаза на собеседницу.
Рэна слушала его с неподдельным интересом,
и от этого Тренту стало легче. Он давно искал
человека, которому мог бы открыться, излить
душу. Теперь его словно прорвало. Он говорил
без остановки, не желая и не пытаясь остановиться.

— Во время прошлого сезона я почувствовал, что возраст дает о себе знать. Впрочем, я замечал это и раньше, но делал вид, что ничего страшного не происходит. Три года назад мне сделали операцию на локтевом суставе. Я довольно скоро восстановил форму, но тут стало сдавать плечо. Каждый бросок причинял мне нестерпимую боль, и я стал слабее играть, боялся участвовать в потасовках из-за мяча. Мы стали хуже атаковать, и виноват в этом оказался именно я. Когда полузащитник выходит из строя, он становится козлом отпущения. Теперь понимаешь?

Рэна мало что знала о футболе, но прекрасно понимала, о чем говорил Трент. Многие манекенщицы, которых она знала, считали, что после тридцати жизнь заканчивается, поскольку заканчивается их карьера.

Она приблизилась к Тренту, едва сдерживаясь, чтобы не положить руку ему на плечо и не сказать: «Бедный мальчик!»

— Когда ты решил профессионально заняться спортом, ты должен был понимать, что век спортсмена недолог.

— Конечно, я это понимал. Я всегда старался быть реалистом и не витать в облаках. Например, в финансовом отношении я уже подготовился к уходу из большого спорта: владею на паях одной крупной фирмой, торгующей недвижимостью. Мне хочется уйти, пока я еще, как говорят, на коне. Что может быть хуже того, когда тебя просто выставляют за дверь? Дело в том, что каждый сезон начинается с привлечения в команду нового, молодого игрока. Ты бы видела их, Эна! Сильные, способные и... черт возьми, такие молодые! — Трент горестно покачал головой. — Не думай, что я завидую их молодости. Нет, дело не в этом...

— Я понимаю, — ответила девушка.

Трент сжал руки в кулаки и закрыл глаза.

— Продержаться бы еще хоть один сезон! Всего один блистательный сезон! Если уходить, то победителем, а не неудачником, которого все жалеют.

Рука Рэны сама собой поднялась и легла на плечо Трента. Он вздохнул с облегчением: наконец он нашел то, чего ему так долго не хватало, — понимание.

— Никто не станет тебя жалеть. Скорее, тебе будут завидовать, потому что это будет самый лучший твой сезон. Я в тебя верю, — спокойно сказала Рэна.

— Правда?

Пристально глядя ему в глаза, она подтвердила:

— Да, это правда.

С этой минуты вселенная принадлежала только им двоим.

Глаза Рэны ласкали его лицо. Она так хорошо понимала, что чувствовал сейчас Трент, — до боли знакомый страх и беззащитность.

«Если я не буду красивой, мама перестанет меня любить» — так думала когда-то маленькая, прелестная, но страшно одинокая девочка.

Еще полгода назад она считала, что без своей красоты она ничто, пустое место. Но это оказалось не так. Решительно сбросив с себя оболочку — образ роковой, блистательной Рэны, она обрела многое другое и, в частности, двух милых ее сердцу друзей — Трента и Руби. Оказывается, и не выделяясь из толпы красивым лицом и стройной фигурой, Рэна достойна того, чтобы быть любимой, быть чьим-то другом.

Сколько Рэна себя помнила, она все время пыталась оправдать надежды Сюзан Рэмси. Рэне безумно хотелось услышать от матери похвалу, одобрение, однако требования Сюзан были непомерно высоки.

«Выпрямись, Рэна... Не сутулься, Рэна... Что это? Неужели прыщик? Боже мой, сколько можно тебя учить, как ухаживать за лицом... Ты меня совсем не слушаешь... Ты надела пластинки? Нет? Ты хочешь, чтобы у тебя были кривые зубы?.. Как ты могла помять платье! Я полчаса провела за гладильной доской!»

Сюзан всегда находила повод пожурить дочь, даже если та была абсолютно безупречна, насколько это вообще возможно для простого смертного.

Уж кому, как не Рэне, понять те переживания, ту неуверенность в себе, от которой страдал сейчас Трент. Главной целью его жизни была победа на футбольном поле, и не важно, чего это будет стоить — переломов, растяжений связок, нестерпимой боли, которую он, сжав зубы, будет терпеть. По природе своей Трент был лидером и самоотверженно, не жалея себя, боролся до последнего. Теперь все его усилия могли пойти прахом, и от этого он испытывал адские муки.

— Спасибо за поддержку, — тихо сказал Трент, ни на мгновение не отрывая взгляда от ее лица. Страсть, так долго не находившая выхода, вырвалась наружу, обжигая все вокруг своим горячим дыханием. Тело налилось странной тяжестью. Трента лихорадило от нового, доселе неведомого ему чувства, становившегося все сильнее с каждой секундой. Он не мог определить, что это такое. Единственное, что он осознавал более или менее отчетливо, так это то, что сейчас для него не существовало более красивой и желанной женщины, чем Эна Рэмси. Трент жаждал прижаться к ней, впитать в себя ее уверенность, стать достойным ее расположения.

— Я действительно верю в тебя, — повторила Рэна.

Тишина окутала их пуховым одеялом. Где-то рядом жужжала муха, и это был единственный звук, нарушающий оцепенение, охватившее все вокруг. Не в силах больше сопротивляться сумасшедшему влечению, они бросились друг другу в объятия. Рэна почувствовала, как рука Трента нежно коснулась ее волос. Загрубевшие ладони Трента ощутили мягкость шелковистых прядей.

Рэна прижалась к его ладони щекой. Ее слегка приоткрытые губы, такие мягкие, влекущие, обещающие наслаждение, манили Трента.

— Эна... — Он наклонился, чтобы поцеловать ее.

— Эна! — послышался голос Руби.

Как ошпаренные, они отпрянули друг от друга. Трент тихо выругался.

Рэна побежала к выходу из теплицы. Сердце ее бешено колотилось.

— Да, Руби. Вы меня звали?

— Тебя к телефону.

Рэна оглянулась на Трента с виноватым видом. Он только пожал плечами и улыбнулся. Рэна бегом пересекла двор и вбежала в дом через заднюю дверь, которую Руби держала для нее приоткрытой. Едва Рэна перевела дух, Руби сообщила, что звонит ее мать.

— Мать?

Руби кивнула, но от лишних вопросов воздержалась, хотя Рэна никогда не упоминала, что у нее есть мать.

Еле передвигая ноги, Рэна поднялась по лестнице. Последние полгода она поддерживала связь с матерью исключительно через Мори. Они не разговаривали друг с другом с того самого момента, когда девушка собрала вещи и уехала, положив конец планам Сюзан Рэмси выгодно выдать дочь замуж.

«Что заставило мать позвонить мне именно сейчас?» — недоумевала Рэна. Может, Сюзан хотела отругать ее за отказ от контракта? Или просто решила поинтересоваться, как идут дела у ее дочери? А может, почувствовала желание сказать, что любит ее и скучает?

Рэна удивилась самой себе — столь невероятно было подобное предположение. Тем не менее от волнения у нее дрожали руки.

Наконец Рэна взяла трубку:

— Здравствуй, мама. Как дела?

— Мори умер. Последнее, что ты можешь для него сделать, — это приехать на похороны в Нью-Йорк.

6

Мори умер. Мори не стало.

Прошло тридцать шесть часов с того момента, как Рэна впервые услышала эти слова из уст матери, но она все еще не верила.

Провожая Мори в последний путь, Рэна стояла у могилы, смотрела на гроб, в котором покоился ее любимый друг, но даже в этот момент не могла осознать случившегося — слишком невероятным это казалось.

После того как Сюзан сообщила дочери о смерти Мори Флетчера, произошло многое, и Рэне казалось, что несколько часов, проведенные в теплице наедине с Трентом, — событие из ее прошлой жизни. Перебирая в памяти все происшедшее после того рокового звонка, Рэна наконец почувствовала, насколько она измотана и физически, и морально. Рэна вспоминала, как, наспех засунув кое-какие вещи в чемодан, бегом спустилась по лестнице, на ходу спрашивая у Руби разрешения взять ее машину. Руби предложила, чтобы до аэропорта ее довез Трент, но Рэна возразила так резко, что миссис Бейли оставила ее в покое и даже смирилась с требованием девушки не звать Трента попрощаться. Рэна сообщила, что уезжает на неопределенное время, и даже не сказала куда.

Обеспокоенная ее состоянием, Руби поинтересовалась, какая беда с ней приключилась. В ответ она услышала лишь краткое: «Объясню, когда вернусь».

В аэропорту Хьюстона Рэне пришлось проводить глазами два самолета, улетавшие в Нью-Йорк, пока она наконец получила билет на третий.

По прибытии Рэна поймала такси и направилась в свою квартиру, где все еще обитала ее мать.

Впервые за шесть месяцев они встретились лицом к лицу. Сюзан была настроена враждебно и не собиралась утешать дочь.

— Боже мой, на кого ты стала похожа! — были ее первые слова. — В таком виде я постесняюсь представлять тебя как свою дочь.

— Что случилось с Мори?

— Он умер. — Сюзан поднесла к кончику сигареты золотую зажигалку от Картье, прикурила, затянулась и выдохнула облако дыма. Было два часа по нью-йоркскому времени. Вконец измотанная путешествием из Галвестона в Хьюстон, несколькими часами ожидания в аэропорту, длинным перелетом в Нью-Йорк, Рэна опустилась на диван и закрыла глаза. Внутри все разрывалось от боли, нервы не выдерживали напряжения. Рэна потеряла близкого друга и верного союзника, а ее собственная мать с порога начала отчитывать ее за внешний вид. Вот за это Рэна и ненавидела Сюзан Рэмси.

— Это ты мне уже сообщила по телефону, — через некоторое время вымолвила Рэна. — Ты хочешь, чтобы я встала на колени и умоляла тебя рассказать о подробностях?

Подняв глаза, Рэна увидела перед собой, как всегда, недовольное лицо Сюзан.

— Хорошо, я умоляю, расскажи мне, как это произошло. — Силы покинули Рэну, и глаза ее наполнились слезами.

Снисходительно усмехнувшись, Сюзан присела на край дивана. Несмотря на поздний час, она выглядела так, как будто только что вышла из салона красоты. На дорогом шелковом халате не было ни складочки.

— Он умер у себя дома около полудня. Его тело обнаружил сосед: они собирались вместе позавтракать, но Мори так и не объявился.

Задолго до того, как Мори познакомился с Рэной, его брак распался, и он жил один. Разойдясь с женой, он сильно переживал, однако азартные игры — а именно это и послужило причиной развода — не бросил.

— От чего он умер? Сердечный приступ? Удар? — Мори был тучен, страдал от повышенного давления и много курил.

— Не совсем, — презрительно усмехаясь, ответила Сюзан. — Он принял какие-то наркотики.

— Принял наркотики?! — воскликнула девушка. — Этого не может быть!

— Ну хорошо, не наркотики. Какое-то лекарство. Потом алкоголь. Судя по всему, в прошлый вечер он изрядно выпил.

Рэна почувствовала, как внутри ее что-то оборвалось, тело онемело и перестало ее слушаться. Не может быть! Она никогда не поверит в это. Самоубийство? Нет!!!

— Это был несчастный случай?

Сюзан затушила сигарету в хрустальной пепельнице на мраморном журнальном столике.

— Думаю, именно этой версии придерживается полиция.

— Но ты ведь не веришь, что Мори мог покончить с собой?

— Единственное, что я знаю: когда я в последний раз разговаривала с ним по телефону, Мори был жутко расстроен твоим отказом от такого великолепного контракта. Честно говоря, я была шокирована не меньше его. Неужели тебе больше нравится влачить жалкое существование, — язвительно поинтересовалась Сюзан, окидывая ее презрительным взглядом, — чем жить в роскоши, как принцесса? Между прочим, из-за твоего упрямства мы с Мори еле сводили концы с концами.

Не желая больше слушать, Рэна закрыла лицо руками, но Сюзан продолжала:

— Мори пришлось выехать из дорогих апартаментов. Когда ты поступила как законченная эгоистка и бросила нас с Мори на произвол судьбы, он был вынужден все начать с начала и работать с второразрядными манекенщицами и перезрелыми моделями.

— Почему же он никогда не говорил мне об этом? — простонала Рэна, обращаясь скорее к себе, чем к матери.

От ответа на этот вопрос Сюзан, похоже, получила истинное удовольствие:

— Вряд ли это принесло бы какую-то пользу. Если бы ты не была эгоисткой до мозга костей, ты просто никуда бы не уехала. Раз тебе нет дела до собственной матери, то что уж говорить о каком-то грошовом агенте, которого я к тому же давно хотела уволить.

Сюзан вновь закурила. Рэна молчала, зная, что это еще не конец разговора и у Сюзан осталось в запасе немало обвинений. Спорить было бессмысленно.

— Я жертвовала собой ради твоей карьеры, сделала из тебя то, чем ты в итоге стала. Но ты даже не сказала «спасибо». Ты отказалась от великолепной возможности стать женой одного из самых богатых мужчин в Соединенных Штатах Америки. Волнует ли тебя, что мне даже нечем платить за эту квартиру? Волнует?

По правде говоря, Сюзан вполне могла найти себе жилье поскромнее, и оно все равно считалось бы роскошным. Кроме того, она могла поискать работу — Рэна всегда была уверена, что на управленческой должности ее матери не было бы равных. А если вспомнить о том, что Сюзан Рэмси была чрезвычайно хороша собой и вполне могла выскочить замуж за обеспеченного мужчину, чтобы держать потом мужа под каблуком, то вопрос ее материального обеспечения решить было не так уж сложно.

Впрочем, высказать одно из этих предложений означало бы начать длительную перепалку, а Рэна была слишком измотана и подавлена, чтобы пойти на это.

Она с трудом поднялась на ноги.

— Мама, я ложусь спать. Когда похороны?

— Завтра в два. Я наняла нам лимузин. Твоя пластинка для зубов лежит на тумбочке возле кровати. Не забудь надеть ее. Ты совсем не следишь за зубами, и они выглядят ужасно.

— Знаешь, будет лучше, если ты одна поедешь в лимузине, а я возьму такси. Поскольку у меня ужасные зубы, а эту чертову пластинку я не надену больше никогда в жизни, я убеждена, что ты предпочтешь моему обществу одиночество.

На похоронах Рэна стояла в стороне от остальных скорбящих. На ней была черная шляпа, купленная с утра в универмаге «Мэйсис», и темные очки. Никто не узнал ее, не обратился к ней, когда, тихо всхлипывая, она стояла перед могилой. Едва священник произнес последние слова молитвы, собравшиеся стали расходиться. Казалось, что каждый из пришедших попрощаться с Мори радовался, что наконец-то отдал последний долг и теперь может скрыться от липкой жары в прохладном салоне своей дорогой машины.

Рэна не последовала за матерью, которая прошла мимо, делая вид, что они незнакомы. «Зачем, Мори, зачем?» — мысленно вопрошала Рэна, глядя на усыпанный гвоздиками гроб.

Почему он не сказал, что у него плохо с деньгами? Неужели он и вправду покончил с собой?

Эта мысль казалась ей настолько ужасной, что Рэна всеми силами пыталась отогнать ее. Однако воспоминания лишали ее желанного покоя. Сколько радости и надежды было в голосе Мори, когда он сообщил ей о том солидном контракте! Сколько отчаяния было в его словах, когда он попросил ее подумать еще раз!

И теперь по пути из аэропорта Хьюстона в Галвестон эти мысли, словно привидения, возвращались и терзали Рэну. Вдобавок ко всему дождь лил как из ведра. На улице было темно, мрачно и тоскливо. Точно такая же погода воцарилась и в душе Рэны. Похожим на серое мокрое шоссе, по которому неслась ее машина, представлялось девушке и ее будущее — воображение рисовало его скучным, монотонным и печальным.

Как сможет она снова стать беззаботной, как посмеет радоваться жизни, если на ее совести лежит страшный грех — самоубийство Мори?

В доме было темно. Машины Трента не было на стоянке, и Рэна предположила, что они с Руби поехали поразвлечься. Вытащив под проливным дождем из багажника чемодан, девушка быстро пересекла двор и поднялась на заднее крыльцо.

Войдя, она поставила чемодан на пол и принялась отряхивать шляпу от дождевых капель, затем сняла пиджак и повесила его на стул просохнуть. Освободившись от туфель, стянула чулки и босиком побрела на кухню.

Кухня казалась непривычно тихой и унылой. Даже накрахмаленные оборки занавесок безжизненно повисли.

Наполнив стакан водой из-под крана, Рэна сделала два глотка, но больше пить не смогла. Она чувствовала себя настолько несчастной, что каждое движение требовало неимоверных усилий. Ноги как будто налились свинцом, она еле передвигала их.

Рэне было знакомо это ощущение — ее засасывала темная бездна депрессии.

Когда погиб отец, Рэна была совсем малышкой. Сейчас впервые в жизни, будучи взрослой, она переживала смерть поистине близкого друга. Что должен чувствовать человек, потерявший ребенка или любимого супруга? Как смириться со смертью — этим окончательным, не подлежащим обжалованию приговором судьбы?

Не включая свет, Рэна прошла через мрачную столовую. В высокие узкие окна барабанил дождь. Небо будто скорбело вместе с ней, плакало холодными серебристыми слезами. Рэна долго вглядывалась в темноту лестничного проема и гадала, хватит ли ей сил, чтобы взобраться по ступенькам вверх.

Неожиданно ей все стало безразлично. Рэна опустилась на тяжелую деревянную скамью под лестницей, уронила голову на руки и зарыдала. Если на похоронах она держала себя в руках и старалась скрыть свое горе от посторонних, то теперь дала волю слезам.

Быстрые, как летний ливень, горячие горькие слезы струились по щекам, капали с подбородка, а тело сотрясалось от рыданий.

Рэна почувствовала его присутствие за несколько секунд до того, как тяжелая теплая рука опустилась на ее плечо. Девушка вскинула голову и в темноте разглядела возвышающуюся над ней мужскую фигуру. Тусклый свет не проникал под лестницу, и она с трудом различала знакомые черты. Однако она сразу поняла, что Трент взволнован.

Сюзан Рэмси даже не попыталась утешить убитую горем дочь. Теперь, как никогда, она нуждалась в поддержке, искала того, кто мог бы вселить в нее уверенность, что жизнь продолжается. И кажется, она наконец нашла такого человека и инстинктивно потянулась к нему.

Тренту хватило секунды, чтобы понять, что от него требуется. Он присел рядом с Рэной и заключил ее в объятия. Не говоря ни слова, он уткнулся лицом в ее еще влажные от дождя волосы. Затем бережно прижал голову Рэны к своему плечу. Она не сопротивлялась, потоки безутешных, соленых слез промочили его рубашку.

Пропуская меж пальцев пряди ее волос, Трент поражался тому, какие они густые, пышные и шелковистые. Затем Трент прикоснулся губами к мочке ее уха.

— Я так за тебя беспокоился.

Тронутая его заботой, таким редким и драгоценным даром, Рэна положила руку ему на грудь и ощутила рельеф его железных мускулов.

— Куда ты уезжала, Эна?

Это имя показалось незнакомым, чужим, и Рэна на мгновение удивилась, почему Трент не называет ее, как все. Затем она вспомнила все и поняла, что имя Эна было враньем, фальшивкой, как и ее прежняя блестящая жизнь — вереницей обманов, из которой умелый мастер соткал некий эффектный, но насквозь искусственный образ. В этот момент больше всего на свете ей хотелось, чтобы губы Трента шептали ее подлинное имя, чтобы, когда он произносит это имя, она чувствовала его дыхание на своей щеке. Ей хотелось увидеть, как движутся его губы, произнося имя «Рэна».

— Почему ты плачешь? Где ты была?

— Пожалуйста, не спрашивай меня ни о чем.

— Я застал тебя рыдающей в темноте, и ты хочешь, чтобы я сделал вид, будто ничего не происходит? Скажи, что с тобой стряслось? Может быть, я чем-то смогу помочь. Где ты была и почему уехала, даже не попрощавшись?

Рэна всхлипнула и оттолкнула Трента.

Тыльной стороной ладони она вытерла заплаканное лицо и вдруг поняла, что забыла надеть очки. Правда, в темноте ее заплывшее от слез лицо вряд ли узнал бы даже кто-то близкий.

— Мне пришлось уехать на похороны друга.

Выдержав паузу, Трент обнял ее за плечи и указательным пальцем провел по ее щеке, собирая остатки горьких слез.

— Прими мои соболезнования. Это был близкий друг?

— Очень.

— Внезапная смерть?

Рэна вновь закрыла лицо ладонями.

— Да, да... — простонала она. — Самоубийство.

Трент тихо чертыхнулся, и его рука вновь сжала плечо Рэны.

— Да, такое сложно пережить. Я знаю это не понаслышке. Раньше, еще до того, как я пришел в команду «Хьюстонские мустанги», у меня был приятель. Он получил серьезную травму коленного сустава, и через некоторое время ему сообщили, что он больше не будет играть. После этого он застрелился. Так что я на своей шкуре испытал то, что чувствуешь сейчас ты.

— Нет, не испытал! — в отчаянии вскрикнула Рэна, вырываясь из его объятий и резко вскакивая. — Твой друг покончил с собой не по твоей вине!

Рэна стремглав бросилась к лестнице, но Трент настиг ее и, схватив за руку, развернул к себе лицом.

— Ты хочешь сказать, что он совершил самоубийство из-за тебя?

— Да.

— Я не верю в это, — слегка тряхнув ее, чтобы привести в чувство, уверенно сказал Трент. — Ты не должна брать на себя ответственность за чужую жизнь. Никто не должен этого делать. Каждый человек сам принимает решение, что ему делать со своей жизнью.

— Ах, Трент, повтори мне это столько раз, сколько потребуется для того, чтобы и я поверила. Если для того, чтобы убедить меня, надо повторить это тысячу раз, пожалуйста, сделай это.

Трент привлек ее к себе и крепко обнял.

— Это правда. Пожалуйста, поверь мне. Если твой друг задумал совершить самоубийство, предотвратить это было не в твоих силах. Возможно, ты могла отсрочить такую развязку, но лишь на время.

— Я не пришла ему на помощь, когда он в этом нуждался.

— Большинство из нас учится мириться с невзгодами. Что делать, если твоему приятелю это не удалось.

Он прижал ее к себе и долго не выпускал из объятий, слегка покачиваясь взад-вперед, будто убаюкивал ребенка.

— Тебе немного лучше? — ласково спросил Трент.

— Да. Боль не ушла, но она уже не такая острая.

Не выпуская Рэну из объятий, Трент прислонил ее к стене, но руки ее все еще покоились на плечах Трента.

— Мне жаль, что тебе пришлось пройти через весь этот кошмар.

— Спасибо тебе за то, что поддержал меня. Знаешь, мне не с кем было поделиться моим горем. Мне так не хватало... не хватало тебя.

— Я рад, что оказался рядом с тобой в нужный момент.

Теперь его объятия, его ласки стали иными. Он перестал думать о том, чтобы утешить ее. Трентом овладело совсем другое чувство.

— Эна?

— Да.

Он склонился над ней и заглянул ей в глаза.

— Эна...

Его губы, такие горячие, страстные, завладели губами Рэны. Взяв ее лицо в ладони, Трент осыпал его поцелуями. Он чувствовал, что внутри у него как будто дрожит туго натянутая струна.

Пальцы Рэны впились в его плечи. Отвернув лицо, она выдохнула тихое «нет».

— Да. — Трент не давал ей возможности протестовать. Его губы снова впились в нежный манящий бутон ее рта, и этот поцелуй не оставил Рэне сил для сопротивления. У нее подогнулись колени, и если бы Трент не поддерживал ее, она бы непременно упала.

Рэна обвила его шею. Она всем своим существом ощущала, как в груди его нарастает какой-то первобытный рык, порожденный диким, страстным, необузданным желанием.

Его язык проскользнул между ее губами, и словно вспышка фейерверка озарила темное пространство. Влажный, теплый и бархатистый язык показался ей изысканным лакомством, отведанным впервые. Она не препятствовала его движениям, и он воспользовался этой вседозволенностью. Толчками он продвигался в глубь ее рта, и от этого волны приятной дрожи прокатывались по ее телу, она трепетала от удовольствия, а сердце бешено стучало, словно пытаясь вырваться из груди.

Они остановились, чтобы отдышаться, с изумлением взглянули друг на друга и вновь слились в объятии. После того как они впервые отведали запретный плод, их охватил такой голод, что новый поцелуй длился целую вечность.

Трент атаковал, но и Рэна не оставалась пассивной. Ею овладела жадность, порожденная неопытностью и длительным воздержанием. Ни ее юный муж, ни другие мужчины никогда не целовали ее с такой необузданной страстью, как это делал сейчас Трент.

Для него словно не существовало ни преград, ни запретов. Вновь и вновь его рот впивался в губы Рэны. Казалось, он никак не мог насытиться этими поцелуями, но вскоре ему захотелось большего.

Он скользнул ладонями по ее плечам вниз до талии и резким движением приподнял ее, оторвал от пола и прижал к себе.

— Я хочу тебя, — прошептал он, оставляя огненные следы поцелуев на ее шее.

— Мы не можем...

— Можем.

— Где Руби?

— Ее нет. Мы одни.

— Но...

— Никаких «но». Мы оба знали, что этому суждено произойти.

Да, Рэна это действительно знала. В тот самый момент, когда однажды утром вышла в коридор и столкнулась с Трентом, она поняла, что этот человек опасен. Конечно, он не угрожал ее жизни, но она сразу поняла, что от него следовало держаться подальше. Когда Рэна впервые заглянула в его глаза цвета горького шоколада, увидела его улыбку, она поняла — Тренту Гемблину суждено изменить ее жизнь. И теперь ей осталось лишь подчиниться судьбе... Однако отнюдь не из смирения она позволяла Тренту ласкать ее грудь. Блаженно закрыв глаза, Рэна отдалась этим восхитительным ощущениям, рождающимся под его умелыми пальцами. А теплые губы тем временем приникли к ее шее, покрывая шелковую кожу поцелуями.

Неистово и неловко он начал расстегивать ее блузку, торопясь увидеть то, что уже узнали его руки. И вот показалась прозрачная кружевная комбинация.

— Боже мой... — вырвалось у него, когда он чуть отстранился, чтобы взглянуть на свое открытие. Ему хотелось включить свет, чтобы убедиться, что глаза не обманывают его, — безупречно красивая грудь, небольшого размера, но прекрасной формы! Великолепная, белоснежная кожа светилась, и соски были такие нежные, как бутоны роз.

Едва дотрагиваясь до кружев комбинации, пальцы Трента порхали вокруг этой божественной груди, которую так долго скрывал ворох безвкусной одежды. Сбывались его мечты. Удивительно, но это не было плодом его воображения, очередной фантазией, это происходило на самом деле. Вот она, женщина мечты, настоящая, живая, перед ним!

Через прозрачное кружево Трент ощущал тепло ее кожи. Ее тело отзывалось на каждое прикосновение. Волны желания омывали его, и он не мог больше сдерживаться. Страсть бушевала, криком вырываясь наружу. Трент спустил с ее плеч тонкие лямки комбинации и со вздохом, больше похожим на стон, впился губами в набухший сосок.

Рэна выкрикнула его имя, пальцами зарываясь в густую копну его волос. Она закрыла глаза и часто, глубоко дышала, чувствуя, как кружится голова. **Каждый раз, когда язык Трента касался ее соска, ее тело содрогалось. От растущего желания плоть истекала соком.**

Им не нужно было слов: будто связанные невидимыми ниточками, их тела и так отзывались на малейшие движения друг друга. Руки Трента медленно скользнули по округлостям ее бедер. Рэна вздрогнула и затаила дыхание. Конечно, он не станет... Не здесь. Не сейчас.

Однако Трент уже не мог остановиться. Он хотел открывать, познавать и изучать ее тело. Медленно, наслаждаясь осязанием шелковистой волшебной поверхности, его ладони то поднимались вверх, то опускались вниз, то внезапно замирали, словно хотели продлить остроту ощущений от волшебных прикосновений. Рэна слабела и задыхалась. Пытаясь удержаться на ногах и не улететь в другую галактику, она схватилась за его плечи. Она целиком была во власти Трента, во власти его прикосновений.

Рэна на мгновение открыла глаза. Их взгляды встретились. Его глаза горели в темноте, словно раскаленные угли. Нет, она не будет сопротивляться. Потому что не хочет. Она сгорала от желания полностью отдаться Тренту Гемблину.

Губы Трента путешествовали по ее шее, беспорядочно рассыпая пылкие поцелуи. Сердце Рэны чуть было не вырвалось из груди, когда горячие губы вновь сомкнулись на ее соске. Нежно, медленно, будто художник кистью, язык обводил розовую окружность.

Он продолжал и продолжал свои ласки, вызывая у Рэны сладостное волнение.

Одна за другой накатывались на нее теплые волны, каждый раз заставляя вздрагивать. Казалось, это не кончится никогда. По ее телу прошла чувственная дрожь, словно морская волна, оставляющая на берегу кружевной узор из сверкающих пузырьков, которые, лопаясь, один за другим впитываются во влажный песок.

Трент нежно поцеловал ее в щеку, и это вернуло ее к действительности. Рэна открыла глаза и увидела, что Трент, улыбаясь, наблюдает за ней.

Лицо его было спокойным и умиротворенным, однако возбужденная плоть требовала продолжения. Рэна почти чувствовала, как кипит его кровь, подогреваемая так и не получившей выхода страстью.

И тогда это случилось. Тело Рэны, словно

диковинный цветок, обняло его своими лепестками.

Трент застонал от блаженства, и Рэна с благодарностью приняла этот стон. Она дарила ему всю себя, а не только свое красивое тело.

Наконец они достигли вершины, и ощущение это было настолько всеобъемлющим и чудесным, что и тела, и души, в последний раз содрогнувшись, впали в сладкое оцепенение.

Лишившись сил, они постепенно расслабились, но по-прежнему ощущали удивительную близость. Сердца бились в унисон. Голова Рэны покоилась на груди Трента.

Барабанивший по стеклам дождь казался прекрасной колыбельной. Часы на каминной полке в гостиной отсчитывали минуты, но Трент и Рэна находились в ином временно́м измерении.

Не произнося ни слова, он взял ее за руку и повел в сторону лестницы. Медленно взбираясь по ступенькам на второй этаж, Трент не спускал глаз со своей возлюбленной. Они вошли в его спальню, и Трент закрыл дверь, оставляя за ней всю суету и неприятности суровой действительности. Затем подошел к кровати, сдернул покрывало и жестом пригласил Рэну подойти поближе.

— Нам нужно поговорить, — охрипшим голосом сказала она.

— Нет, не нужно. — И он начал неторопливо расстегивать рубашку.

Наблюдая за ним, Рэна почувствовала, как желание просыпается в ней с новой силой. Стянув через голову рубашку, Трент небрежно бросил ее на пол. За ней последовали джинсы.

Затем Трент медленно направился к Рэне через затемненную комнату. Призрачный лунный свет отбрасывал мерцающие блики на его глянцевую кожу. Руки Рэны бессильно опустились: она почувствовала себя совершенно беззащитной перед его силой и красотой. Не говоря ни слова, Трент снял с нее блузку и кинул ее к своей одежде.

— Трент... — выдохнула Рэна, чувствуя, как слабеют и подгибаются ноги.

— Тс-с, — шепнул он, продолжая ее раздевать.

Когда на ней не осталось никакой одежды, Трент бережно подхватил ее на руки и отнес на постель.

И снова их губы слились в бесконечном поцелуе.

Вскоре Рэне стало трудно дышать.

— Все еще желаешь поговорить?

— Мы должны... — простонала она, когда губы Трента завладели ее соском.

— Вас никто не учил расслабляться, мисс Рэмси? — Трент опускался все ниже, покрывая поцелуями ее живот.

— Трент!

— Что?

— Нам действительно следовало бы...

Она прервала фразу на полуслове. Ласки Трента были настолько смелы, что она чуть не потеряла сознание.

— Вот что нам действительно следует делать, — прошептал он. — И лично я намерен заниматься этим еще очень-очень долго.

7

стати, ты так и не сказал мне, где Руби?

Трент вытянул под одеялом длинные ноги и подвинулся поближе к Рэне.

— А ты и не спрашивала, — сказал он, прижимаясь носом к ее щеке.

— Нет, спрашивала.

— Правда? Наверное, я не расслышал, потому что был занят кое-чем другим.

— Ты лишь упомянул, что мы одни в доме.

— Так и сказал? — Он хихикнул и наградил ее еще одним пылким поцелуем. — Да, этот старый холл видел на своем веку многое, но такое — вряд ли.

Рэна дернула его за волосы так, что он вскрикнул.

— Сдаюсь, — сказал Трент. — С утра тетушка уехала навестить приболевшую подругу. Она сообщила, что вернется только завтра.

Поэтому, — Трент сделал многозначительную паузу, — весь дом в нашем распоряжении.

— Но нам не нужен весь дом, если есть эта постель.

— В общем, ты права. Но кто знает, как дальше будут разворачиваться события?

Засим последовал очередной нежный поцелуй.

— Я и не представляла нас вместе в подобной обстановке, — послышался ее шепот.

— А я представлял. И очень часто.

— Ну на самом деле я тоже, но... В общем, ты понимаешь, что я хочу сказать.

— Я никогда не предполагал, что ты такая, — восхищенно заметил Трент, проводя ладонью по изгибу ее бедра.

— В каком смысле?

— Я не знал, какое тело скрывают твои одежды. Признаюсь, один из моих самых ценных талантов — умение раздеть женщину глазами. — Трент нахмурился. — С тобой у меня ничего не получалось, и это приводило меня в бешенство. Мне безумно хотелось взглянуть на твое обнаженное тело, — продолжал он, нежно гладя ее груди, — и я приятно удивлен тем, что увидел.

Легкая щетина на его подбородке восхитительно покалывала ее чувствительную кожу.

Дождь не прекращался. Под его барабанную дробь они любили друг друга всю ночь.

Вряд ли можно было найти людей, более подходящих друг другу. На каждое прикосновение Трента тело Рэны откликалось с такой готовностью, о возможности которой девушка даже не подозревала. Их тела сливались снова и снова, и каждый раз Тренту удавалось вознести Рэну на очередную, еще более высокую вершину.

Постепенно Рэна перестала стесняться. А ведь поначалу она боялась даже прикоснуться к нему, не говоря уж о том, чтобы проявлять какую-то инициативу.

— Положи руки мне на грудь, — приказал он, задыхаясь, и перевернул ее так, что она оказалась над ним. — Дотронься до меня. Я прошу тебя, дотронься.

Безропотно подчиняясь, Рэна осторожно прикоснулась к его груди. Она почувствовала, как под ее ладонью колотится его сердце.

Только один раз за всю ночь гармония между любовниками была нарушена — когда Трент потянулся к тумбочке возле кровати, чтобы включить лампу.

— Нет! — закричала Рэна и рывком натянула на себя одеяло.

Трент опешил:

— Я только хотел посмотреть на тебя.

— Нет, прошу тебя. Если хочешь, чтобы я осталась, не зажигай свет.

— Не понимаю.

Трент действительно не понимал, в чем дело. Минуту назад она была готова к любым безумствам, а теперь испугалась включенной лампочки. Трент обнял ее.

— Ты красива. Я это чувствую, и мне очень хочется взглянуть на тебя при свете.

Рэна уткнулась лицом в его грудь.

— Умоляю тебя, не надо. Мне больше нравится, когда темно.

Она знала, что копна ее растрепавшихся волос выглядит сейчас так же, как на многих ее фотографиях в журналах. Хотя она и набрала пару лишних килограммов, ее вполне можно было связать с образом, запечатленным фотографами. К тому же Рэна была настолько неосмотрительна, что оставила очки в холле.

Зачем омрачать этот дивный вечер? Трент любил ее такой, какой знал, и ему было наплевать на ее внешность. Стоит ли ставить под угрозу их отношения и допускать, чтобы правда открылась ему именно сейчас? Огорченно вздохнув, Трент смирился. Позже он даже нашел это маленькое недоразумение забавным:

— Я и не предполагал, что ты настолько застенчива.

«Если бы ты побывал за кулисами показа мод, ты был бы обо мне другого мнения», — подумала девушка. Надменно вскинув голову, гордые манекенщицы уверенно дефилировали по подиуму. Кто бы мог узнать в этих неприступных красавицах суетящихся в раздевалках полуобнаженных девиц? Рэну же всегда окружал многочисленный персонал, готовя ее к следующему выходу; на ее долю оставался лишь труд менять шляпку или серьги.

Чужие руки одевали и раздевали ее, наверное, столько же раз, сколько ей доводилось проделывать это самостоятельно. Стесняться собственной наготы, работая с дизайнерами, фотографами и портными, было едва ли возможно. К тому же их прикосновения носили чисто утилитарный характер, в их отношениях не было места эмоциям, и Рэна быстро научилась не обращать на это никакого внимания. Ее мать вообще не придавала значения подобным мелочам.

Очевидно, именно поэтому трепетные прикосновения Трента так действовали на нее. Наверное, она просто изголодалась по теплу ласковых рук любящего человека. Пусть Трент думает, что она застенчива. В этом не было ничего страшного. Рэна решила играть эту роль до конца.

— Тебя удивляет моя робость?

— Честно говоря, да. Тем более что ты уже побывала замужем, и я у тебя не первый. — Трент погладил ее по спине, а потом спросил: — Может быть, ты расскажешь о своем браке, или тебе слишком больно вспоминать об этом?

— Раньше было больно, но все это случилось так давно, что теперь мне кажется, будто это происходило не со мной, а с кем-то другим. Тогда я только-только окончила школу.

— Так это был школьный роман?

— Да, что-то в этом роде.

На самом деле до свадьбы они встречались всего-навсего несколько месяцев. Как и большинство молодых людей, Патрик боялся и близко подходить к красотке Рэне. Тем не менее девушке удалось заставить его переступить незримый порог, и некоторое время они наслаждались прелестями чистой юношеской влюбленности.

В то время у Сюзан как раз созрел план совместить карьеру дочери с обучением в колледже. Конечно, Рэне хотелось стать моделью, поскольку она обожала красивую одежду и не представляла себе лучшего занятия, чем демонстрировать ее на показах мод. Однако мысль, что ее делами будет управлять мать, омрачала существование. Зачем нужна карьера, которая поглотит всю ее жизнь, сведет на нет ее отношения с Патриком?

Девушке удалось уговорить своего возлюбленного на поспешную женитьбу. Но, конечно же, эта отчаянная попытка освободиться от навязчивой опеки матери была обречена на провал.

Когда Сюзан узнала об их намерениях, она была вне себя от ярости. Тем не менее безжалостная и хитрая мать Рэны не сдавалась. Она поступила неожиданно: разрешила молодым пожениться.

Зато потом с самого первого дня их супружеской жизни Сюзан докучала молодоженам своими советами, безжалостно вмешивалась во все их дела, и вскоре Патрик начал чувствовать себя ненужным, лишним, только мешающим карьере жены.

Последним ударом по его самолюбию стало вторжение тещи в его служебные дела.

Понимая, насколько бессовестно заставлять Патрика все это терпеть, Рэна предложила ему расстаться, и Патрик с радостью согласился. Через шесть месяцев после свадьбы они подали на развод.

Как только Сюзан утрясла все формальности, они с Рэной переехали в Нью-Йорк. Так благодаря терпению и холодному расчету Сюзан добилась своего.

— Он был славный малый, — сказала Рэна, — хорошо ко мне относился, но у нашего брака не было будущего.

— Почему?

— Моя мать постоянно вмешивалась в наши дела, а Патрику хотелось жить самостоятельно.

— Твоя мать? Впервые слышу, чтобы ты упоминала о близких родственниках.

— Мы давно перестали быть близкими.

— А есть ли вообще кто-нибудь, кто тебе по-настоящему близок? — мягко спросил Трент.

Разговор становился слишком откровенным, а Рэне этого не хотелось. Лукаво улыбнувшись, она ответила:

— На данный момент это ты.

Трент издал довольный смешок и запечатлел на ее губах очередной нежный поцелуй. Позже, когда Рэна заснула, Трент спустился на кухню и пожарил яичницу с беконом. Поставив тарелки на поднос, он снова поднялся наверх. Даже если бы звяканье посуды не разбудило девушку, она бы проснулась от восхитительного аромата жареного бекона. Мгновенно Рэна села на постели.

— Ты голодна? — спросил Трент с улыбкой.

— Только сейчас я поняла, что просто умираю от голода!

Трент поставил поднос на столик у кровати и бросил Рэне одну из своих рубашек.

— Теперь можно наконец включить свет? — спросил он после того, как Рэна натянула рубашку и тщательно застегнула все пуговицы.

Рэна потянулась к сумочке, которую Трент предусмотрительно захватил из холла, и достала очки.

— Да, — сказала она, надевая их.

— Это обязательно? — Трент кивнул на очки.

— Ты же не хочешь, чтобы я разлила апельсиновый сок на постель?

— А что, это было бы довольно оригинально, — подмигнул он в ответ.

Рэна пропустила это замечание мимо ушей и обрадовалась, что тема очков закрыта. Затем они с жадностью набросились на еду.

— Ты знаешь, что я чуть с ума не сошел от волнения? — спросил Трент, проглотив последний тост.

Рэна поставила пустую кофейную чашку на блюдце и отодвинула поднос. Опустошив тарелку, она с удовольствием прилегла на гору мягких подушек.

— А по какому поводу?

— По поводу того, что ты исчезла, не сказав ни слова. Я не знал, что и думать.

— Извини, что не попрощалась. Не было времени.

— Только ли поэтому ты не зашла ко мне перед отъездом?

— Ты подозреваешь, что существует другая причина?

— Надеюсь, ты помнишь, как жарко было в тот день.... — Трент взял ее за руку: — Если бы Руби не позвала тебя к телефону, думаю, мы бы занялись любовью прямо там, на свеже-вскопанной земле. Любовь среди цветов... Тепличный роман... Что может быть роман-тичнее? — поддразнивал ее Трент, но затем, внезапно став серьезным, спросил: — Ты хотела сбежать потому, что не могла с собой спра-виться? Признавайся, ты хотела удрать от меня?

— Возможно. Сама не знаю. В любом слу-чае ты победил, не так ли?

— Вы, мисс Рэмси, давно нуждались в том, чтобы кто-нибудь вас победил.

— Нуждалась? — Рэна удивленно наклони-ла голову.

— Ну да, — подтвердил Трент, откидыва-ясь назад. Он и представить себе не мог, на-сколько довольным при этом выглядел. Он являл собой прямо-таки олицетворение муж-ского самодовольства. — Думаю, тебе давно был нужен мужчина, который утолил бы твою жажду и воплотил в жизнь твои тайные фанта-зии.

— И ты этим воспользовался?

В ответ Трент пожал плечами, но блажен-ная улыбка на его лице подтверждала, что Рэна попала в точку.

Неожиданно она стремительно вскочила и, не давая Тренту опомниться, бросилась прочь из комнаты. Трент догнал ее только на полпути к ее апартаментам.

— В чем дело? Какая муха тебя укусила?

Рэна резко обернулась:

— Мне не нужны подачки и не нужен мужчина, который занимается со мной любовью из жалости!

— При чем тут жалость? О чем ты, черт возьми, говоришь?

— Подумай сам! — Рэна влетела к себе в комнату, захлопнула дверь и заперлась.

Мысль о том, что их ночь любви была лишь актом благотворительности с его стороны, показалась ей ужасной. Рэна вернулась сюда, чувствуя себя несчастной и брошенной. Трент предложил ей поддержку, и она вцепилась в него мертвой хваткой. Так неужели его ласки были лишь способом вернуть к жизни бедную мисс Рэмси, подбодрить отчаявшуюся, лишенную мужского внимания женщину?

Трент то ожесточенно дергал за ручку, то кулаками стучал в дверь:

— Сейчас же открой!

— Уходи!

— Я предупреждаю!..

— Я сказала — уходи!

— Если ты сию минуту не откроешь, я выломаю дверь, и тебе придется объяснять Руби, что случилось.

— Твои дурацкие угрозы меня ничуть не пугают! — решительно воскликнула она, нисколько не сомневаясь, что он отступит.

А зря. В следующую же секунду дверь распахнулась и с грохотом ударилась о стену. Трент подбежал к Рэне, схватил ее за плечи, приподнял и хорошенько встряхнул.

— Более упрямой женщины, чем ты, я еще не встречал. Жалость! — вскричал он с горькой усмешкой. — Дорогая, неужели ты думаешь, что жалость может зайти так далеко? Неужели ты не в состоянии отличить жалость от любви?

И в тот же миг ее напряжение, злость, негодование куда-то делись, а руки, сжатые в кулаки, безвольно упали.

— Любви? — повторила она слабым голосом.

— Да, любви, — почти выкрикнул Трент. — Слышала когда-нибудь про такое чувство? Я люблю тебя, и, знаешь, мне самому от этого страшно. Ты выбила меня из колеи так, как это не удавалось сделать ни одной другой женщине. Я перестал ориентироваться в пространстве. Я никогда не испытывал такого сильного чувства, никогда не терял над собой контроль. То я кажусь себе глупым и ничтожным, то готов плакать от счастья. О, это ужасно!

Видимо, для пущей убедительности Трент крепко поцеловал удивленную Рэну. Затем, не размыкая объятий, он потащил ее к кровати.

Их слияние было стремительным. Только после того, как это случилось, Трент немного успокоился. Нежно покусывая мочку ее уха, он прошептал:

— Если до тебя еще не дошло, то повторяю: я люблю тебя. И сейчас я тебе покажу, насколько сильно. — И он показал...

Зайдя в душевую кабину и включив воду, Рэна закрыла глаза и подставила тело под теплые струи. Она мылась тщательно, терла себя дольше, чем обычно, скользила руками по всему телу и с удивлением его разглядывала. Каждая клеточка, казалось, отзывалась на ее прикосновения.

Интересно, что чувствовал Трент, дотрагиваясь до ее тела? Она попыталась это представить и улыбнулась, вспоминая все нежные слова, которые он шептал ей, пока они занимались любовью.

Трент тем временем заснул. Когда Рэна разбудила его и предложила вернуться в свою комнату, он ужасно расстроился.

— Но почему? — возмутился он. — Мне здесь так нравится! И здесь, и здесь тоже...

Пытаясь обрести чувство реальности, Рэна увернулась от его объятий.

— А вдруг вернется Руби и застанет нас вместе?

— Ну и что? Я уже большой мальчик.

— Да уж, это точно. — Она вздохнула и обняла его.

Трент застонал от новой волны возбуждения.

— Дорогая, это не самый лучший способ выпроводить меня. Или ты передумала? — Сказав это, Трент осторожно положил ее на кровать и наклонился за очередным поцелуем.

— Нет, не передумала. — Рэна шутливо оттолкнула его, и Тренту пришлось вскочить, чтобы не скатиться с дивана на пол.

— Как насчет того, чтобы быстренько вместе помыться под душем?

— Можно и не быстренько.

— Ты серьезно? — Его лицо просветлело.

— Да, только желательно в разных душевых кабинах.

— Ну вот... — Улыбка исчезла с его лица. — Ты пойдешь со мной утром на пляж?

— Нет, придется тебе бежать одному. У меня нет сил.

Трент снова улыбнулся.

— А я чувствую себя так, словно могу взобраться на Эверест, сразиться один на один со стадом диких слонов или усмирить дракона.

Перед уходом Трент запечатлел на губах Рэны долгий прощальный поцелуй.

Сейчас, выходя из душа, Рэна снова и снова прокручивала в памяти эту сцену. Она вспоминала каждый сладостный миг прошлой ночи, с того момента, как он впервые обнял ее, до его недавнего ухода. Она смаковала каждое нежное слово, каждое прикосновение.

Впервые Рэна испытывала такие сильные, всеобъемлющие чувства и теперь могла смело себе признаться — да, она действительно влюблена в Трента Гемблина.

Интересно посмотреть, какая она, эта новая влюбленная Рэна. Она взглянула на свое отражение в запотевшем зеркале ванной комнаты. Сияющие изумрудные глаза, которые ей с таким трудом удавалось прятать от окружающих, так и искрились счастьем. Что подумает Трент, если она снимет очки? Покажутся ли ему эти глаза таинственными и прекрасными, как неоднократно отзывались о них во многих модных журналах?

Открыв шкафчик, Рэна достала коричневый карандаш для глаз, повертела его в руках. Так заядлый курильщик, бросивший курить, достает запретную сигарету... Штрих здесь, мазок там, растушеванная линия под нижним веком. Стоит ли? Может, только чуть-чуть подкрасить глаза, чтобы подчеркнуть их миндалевидную форму? Кистью с румянами провести под скулами, покрыть губы блеском?

Рэна с тоской вспомнила о своих белых нарядах, оставленных в Нью-Йорке. Белый цвет в сочетании с оливковой кожей и волосами цвета красного дерева делал Рэну неотразимой. Дорогие пояса, кофты с соблазнительно глубоким вырезом, юбки из легкой летящей ткани, прекрасно скроенные брюки подчеркивали ее и без того безупречную фигуру.

Что скажет Трент, когда увидит Рэну такой, какой она была раньше?..

— Нет, этого не может быть. Ты не можешь полюбить меня, — шептала она ему в минуты отдыха.

— Но это так.

— Я знаю, с какими женщинами ты привык общаться. Боюсь, я им и в подметки не гожусь.

— Я встречался со многими красивыми женщинами, но за их красотой скрывается пустота. Наверное, именно потому, что ты на них не похожа, я люблю тебя так сильно. Ты — личность. У тебя есть душа. У тебя прекрасное тело, и оно творит со мной чудеса. Я влюбился в то, что находится внутри тебя. Ты не разукрашенная пустышка, а полноценная женщина.

Решительным движением Рэна положила карандаш обратно и захлопнула дверцу шкафчика. Закрыв лицо руками, она тяжело вздохнула. Что и говорить, женское тщеславие подталкивало ее к тому, чтобы стать прежней, стать красивой для своего избранника. Но будет ли он любить ее, если узнает, что все это время занимался любовью с той, которая когда-то была одной из «разукрашенных пустышек»?

Что касается их совместного будущего, то Рэна не строила воздушных замков. Будущего у них просто не было. В таких романах не предусмотрен счастливый конец. Совсем скоро Трент уедет на сборы, и они расстанутся навсегда. В короткий срок, отпущенный им для любви, они должны успеть насладиться этим прекрасным взаимным чувством.

К сожалению, Рэна всю жизнь страдала от недостатка душевного тепла и понимания со стороны близких. Ее мать не стремилась к душевной близости, а Мори, хоть и искренне любил ее, по неведомой причине не делился с ней своими переживаниями.

Каждый раз, когда Рэна вспоминала о его кончине, ей становилось невыносимо тяжело. Страшная опустошенность, которая воцарилась в ее душе после его смерти, до сих пор терзала ее. Неужели Мори действительно покончил с собой? Рэну мучило чувство вины, но любовь Трента помогала затянуться этой страшной ране.

Времени, отпущенного ей для любви, оставалось все меньше, и Рэна решила насладиться каждым мигом счастья, чтобы ни о чем не жалеть потом, когда все закончится. Она будет продолжать играть Эну Рэмси — ведь именно такая женщина нужна сейчас Тренту.

Рэна уже успела натянуть старенькие джинсы и застегивала свободную голубую рубашку, когда в дверь постучали.

— Открывай.

— Сейчас иду. Только не выламывай, пожалуйста, дверь.

Отворив, она поинтересовалась:

— Ты не собираешься починить замок до приезда Руби?

— А ты меня поцелуешь?

— Ты весь потный.

— Губы не потеют.

Рэна потянулась к Тренту и легонько чмокнула его.

— И это все? — с притворным возмущением спросил Трент.

Рэна рассмеялась.

— Ты голоден? Приготовить тебе завтрак?

— Мы завтракали в четыре утра. Как в таком случае назвать прием пищи в девять?

— Что скажешь насчет горячих бутербродов с сыром и ветчиной?

— Отличная мысль.

— Пока я приготовлю, ты иди прими душ. — И Рэна шутливо погрозила ему пальцем.

Через десять минут Трент зашел на кухню.

— Пахнет от тебя определенно лучше, — отметила Рэна, посмеиваясь. — Я приготовила тебе фруктовый салат и...

Трент не дал ей договорить, привлек к себе, обнял и жарко поцеловал.

— Ты такая вкусная... — Теплые губы уткнулись ей в шею. — Так и съел бы тебя всю, — пробормотал Трент и снова припал к ее губам. Так умирающий от жажды не может никак оторваться от родника с чистой ключевой водой.

Затем вновь последовал жаркий поцелуй.

— Твой бутерброд остынет, — пробормотала Рэна, когда им перестало хватать воздуха и они вынуждены были сделать перерыв.

— А мне, — сказал Трент, прижимаясь к ней так, чтобы у нее не осталось никаких сомнений в силе его желания, — наоборот, становится жарко.

Рэна смущенно кашлянула и выскользнула из его объятий.

— Какой ты все-таки бессовестный! Ну-ка быстро садись за стол и ешь!

— Я смотрю, ты становишься такой же хозяйственной, как тетя Руби.

Они принялись за бутерброды, приготовленные Рэной. Время от времени они останавливались и зачарованно глядели друг на друга.

— Может, ты снимаешь очки? — в сотый раз попросил Трент. — Я так хочу увидеть твои глаза.

— Тогда я тебя не увижу, — объяснила она и, отвлекая его от этой темы, нежно поцеловала в подбородок. А еще через мгновение их губы вновь слились в долгом страстном поцелуе.

— Доброе утро, дорогие! Где вы? — внезапно послышался из прихожей голос Руби.

Трент и Рэна отпрянули друг от друга. Девушка выглядела испуганной и смущенной, на ее щеках пылал стыдливый румянец. Трент же, напоминавший кота, налакавшегося сливок, лениво улыбался.

— Тетя Руби, мы на кухне. Я только что наслаждался потрясающе вкусным завтраком, приготовленным Эной.

Рэна вздрогнула и бросила на него отчаянный взгляд. Ворвавшись на кухню, Руби воскликнула:

— Что ты сказал? Ах, какая прелесть! Мисс Рэмси тебя кормит?

— Ага.

Рэна вскочила из-за стола и выдвинула стул для Руби:

— Прошу вас, присоединяйтесь. Как здоровье вашей подруги?

— Ей гораздо лучше. Мой визит пошел ей на пользу. Скажите, как прошла ваша поездка? Когда вы вернулись?

Не вдаваясь в детали, Рэна рассказала ей о причине своего внезапного отъезда.

— Простите, что уехала так поспешно, даже не объяснив, в чем дело.

— На то была веская причина. Теперь я это понимаю, — сказала Руби, положив руку девушке на плечо. — Кстати, Трент говорил, что, пока вас не было, он починил вам машину?

— Нет, — опережая Рэну, ответил Трент. — С момента ее приезда мы виделись довольно часто, но ни разу разговор не коснулся сломанных автомобилей.

Услышав это, Рэна грозно сверкнула глазами, но, к счастью, Руби была слишком рассеянна, чтобы заметить это.

— Хотите, я и вам сделаю бутерброд? — спросила Рэна. — Я не успела убрать продукты, а вы, я вижу, очень устали.

— Спасибо, дорогая. Наверное, сегодня я позволю вам за мной поухаживать. Если я вам не нужна, пойду отдохну. Этой бедняжке, моей подруге, даже не с кем поделиться своими переживаниями, вот мы и проболтали всю ночь. Дети, знаете ли, не балуют ее частыми визитами.

Рэна приготовила бутерброд и положила его в духовку. Трент наслаждался фруктовым салатом из дыни и арбуза, не спуская при этом глаз со своей возлюбленной. Время от времени они обменивались многозначительными взглядами.

— Спасибо, очень вкусно, — доедая бутерброд, отметила Руби. — Так я нужна вам?

— Нет, тетушка, — ответил Трент, заботливо помогая ей подняться со стула. — Ступайте отдохните. Мы с мисс Рэмси сможем позаботиться о себе сами. Кстати, а почему бы нам сегодня вечером не поужинать в городе?

Руби потрепала племянника по щеке.

— Какой милый мальчик, не правда ли, мисс Рэмси?

— О да! — со счастливой улыбкой согласилась Рэна.

— Ты действительно так считаешь? — поинтересовался Трент, когда Руби наконец удалилась и они остались одни.

Рэна в это время стояла у раковины и мыла посуду. После долгих уговоров Руби разрешила заменить ее на кухне.

— Что считаю?

— Что я милый мальчик. — Тихо подкравшись, он обхватил ее сзади. Мгновенно его руки нырнули под кофту и отыскали грудь. — Зачем ты прячешь это великолепие под своими балахонами? У тебя прекрасный, соблазнительный бюст. Не верю, что в твоем гардеробе не найдется облегающей кофточки.

Рэна попыталась вырваться, но не слишком старалась, а потому не преуспела в этом.

— Мне нравится носить свободные вещи. Какая тебе разница, что на мне надето?

— Просто мне хочется все время видеть то, что я люблю. — Большими пальцами он нашел соски, которые тут же напряглись от его прикосновения. — Теперь понимаешь, о чем я говорю? Мне бы так хотелось увидеть, как это происходит.

— Прекрати сейчас же. Руби может войти в любую минуту.

— Не волнуйся, она спит, — прошептал он, уткнувшись носом в ее шею. — Пойдем в теплицу?

— В теплицу? — Сладкая истома сковала ее

тело, лишая сил для дальнейшего сопротивления.

— Да, хотя я с огромным удовольствием взял бы тебя прямо здесь и сейчас.

— Какой ты бессовестный!

— Не бессовестный, а пылкий и страстный, — прошептал он, поворачивая Рэну к себе лицом. — И голодный.

— Все еще не успокоился?

— Знай на будущее — именно так действуют на мой организм горячие бутерброды с сыром и ветчиной.

Рэна обняла его.

— Особенно, — продолжил Трент, — если их для меня готовит такая соблазнительная особа.

Засунув руки в задние карманы джинсов Рэны, Трент прижал ее к себе.

— У тебя такая хорошенькая маленькая попка, — отметил он. — Я хочу тебя. — И добавил сиплым от желания голосом: — В теплице или в спальне?

— Трент, сейчас не время.

— Почему?

— Потому что полдень.

— Ну и что?

— Я должна рисовать. У меня полно работы — четыре новых заказа.

— Хорошо, — грустно вздохнув, смирился Трент. — Я оставлю тебя в покое, если разрешишь мне почитать у тебя в комнате, пока ты работаешь.

Рэна внимательно посмотрела на него и, убедившись, что он ничего предосудительного не замышляет, согласилась:

— Хорошо. Но ты должен пообещать вести себя прилично.

— Клянусь.

Поднявшись в комнату Рэны, некоторое время они честно пытались заниматься каждый своим делом. Однако их хватило ненадолго, и остаток дня они провели в постели, неспешно и лениво наслаждаясь друг другом.

Все было прекрасно, но одно обстоятельство расстроило Трента — он мечтал увидеть, как солнечный свет заливает ее нежную кожу, но Рэна настояла, чтобы он зашторил окна тяжелыми гардинами, настолько плотными, что в комнате стало почти темно.

Лежа на кровати подле своей возлюбленной, Трент не понимал, как он мог когда-то считать эту лучшую из женщин простой и невзрачной. На самом деле она была красавицей, совершенно не похожей на тех представительниц прекрасного пола, с которыми ему доводилось общаться раньше. Ей удалось заполнить ту пустоту, о существовании которой до их встречи Трент даже не подозревал. Теперь же, когда он наконец обрел счастье, ему захотелось остаться с той, что его подарила, на всю жизнь.

8

 вот и сама Эна.
Рэна только переступила порог, когда услышала голос Трента
и знакомый звук тяжелых шагов по деревянному паркету.

— Эна?

— Привет.

Подойдя, Трент взял ее за руку и быстро чмокнул.

— Я хочу тебя кое с кем познакомить.

— Но...

— Помнишь, я рассказывал тебе о Томе Тенди из нашей команды? Таких рук, как у Тома, нет ни у одного игрока во всей Национальной футбольной лиге. Так вот, он заехал к нам в гости. Я как раз только что рассказывал ему о тебе.

Как Рэна ни упиралась, Трент упорно толкал ее в сторону гостиной.

Рэне совсем не хотелось ни с кем знакомиться. Помотавшись в жару по магазинам, она выглядела не лучшим образом и чувствовала себя усталой и разбитой.

Кроме того, Рэна не была застрахована от неожиданного разоблачения. К тому моменту их роману было уже несколько дней. Рэна убедилась, что Трент испытывает к ней серьезное чувство, и как никогда боялась открыть ему правду. Кто знает, как он отреагирует на то, что его Эна вовсе не та, за кого себя выдает? Бог его знает! Рэна не хотела рисковать.

Их отношения казались идеальными, и она не желала, чтобы нелепая случайность заставила их расстаться.

Трент и Рэна недооценивали Руби, когда думали, что им удастся скрыть от нее правду.

В первый же вечер за ужином в ресторане, куда, выполняя данное днем обещание, отвез их Трент, Руби сообщила:

— Я рассчитывала, что все произойдет быстрее.

— О чем это вы, тетушка?

Руби опустила меню и сердито взглянула на племянника.

— Молодой человек, смею заметить, что я еще не превратилась в слепую и глухую старуху и на личном фронте у меня пока все в порядке. Меня возмущают ваши намеки, что я в этих делах ничего не смыслю. Где, по-вашему, я провела прошлую ночь?

— Но вы же сами сказали, что навещали больную подругу, — ответил Трент, и его карие глаза засветились любопытством.

— Так вот, на самом деле я навещала больного друга, — объявила Руби и углубилась в изучение меню.

От удивления Рэна приоткрыла рот, а Трент захохотал так, что привлек внимание посетителей за соседним столиком. Они тут же узнали в нем известного футболиста и подошли за автографом.

С тех пор Рэна перестала стесняться и свободно общалась со своим возлюбленным на глазах у его тети. Руби делала вид, что не находит ничего странного в их необычном союзе и в том, что такой красивый, обаятельный парень сходит с ума по невзрачной, заурядной девушке. Однако сама Рэна была не столь наивна, чтобы предположить, что и у всех остальных это не вызовет удивления.

Войдя в гостиную и заметив, как вытянулось от удивления лицо Тома, Рэна поняла, что ее опасения начинают оправдываться. Будь она прежней, они с Трентом стали бы очаровательной парой, но нынешней мисс Рэмси просто нечего было делать рядом с таким красавцем. Если бы раньше она сама не задумывалась над этой проблемой, выражение лица Тома точно натолкнуло бы ее на подобную мысль.

Приятель Трента был откровенно шокирован. Его худое лицо вытянулось, а рот раскрылся от изумления. Рэне даже стало немного жаль несчастного парня. Должно быть, Трент говорил о ней как о роскошной женщине, а вошедшая никак не вписывалась в образ, созданный его воображением.

— Том, познакомься, это Эна. Эна, представляю тебе Тома Тенди.

— Здравствуйте, Том, — сказала она, протягивая руку.

Рэна еще не осмеливалась делать маникюр, но решила отрастить ногти. Если Трент брал ее за руки и целовал их, она сразу же начинала мечтать о том дне, когда кожа вновь станет нежной и мягкой.

Том едва ответил на рукопожатие.

— Прошу вас, садитесь. Трент, я вижу, уже предложил вам выпить?

Вряд ли Трент осознавал, в каком неловком положении оказался его друг, да и они с Рэной тоже. Пытаясь разрядить обстановку, девушка старательно выполняла роль гостеприимной хозяйки, надеясь, что гость расслабится и почувствует себя более свободно.

Она ожидала, что молодой человек скажет наконец что-то вроде: «Она еще красивее, чем ты описывал» или: «Теперь я понимаю, что заставило тебя отсиживаться в этом захолустье, хитрый ты лис!»

Вместо этого Том продолжал молча пялиться на Рэну. И отнюдь не потому, что узнал в ней знаменитую модель. Скорее он потерял дар речи, видя, насколько отличается Эна от бывших подружек Трента Гемблина.

— Может быть, вам налить еще пива?

— Нет-нет. Спасибо, — ответил Том, пытаясь принять удобное положение на маленьком антикварном диванчике. Мебель Викторианской эпохи не предназначалась для того, чтобы на ней могли расслабиться профессиональные футболисты, — спина Тома утопала в мягких подушках, зато его согнутые колени оказались где-то на уровне груди.

Если бы Рэна могла позволить себе пошутить, она бы непременно отметила, насколько нелепо смотрятся Трент с Томом в маленькой уютной гостиной. Как великаны в кукольном домике.

— Дорогая, хочешь пивка? — поинтересовался Трент, усаживая ее рядом с собой на двухместный диванчик.

— Ты же знаешь, что я терпеть не могу эту гадость. Впрочем, я все же сделаю пару глотков из твоей банки. На улице так жарко, что во рту пересохло.

Она глотнула холодного пива, и Трент улыбнулся. Затем он посмотрел на Тома, ожидая, очевидно, от него каких-то слов одобрения. Том по-прежнему сидел как истукан и не сводил с них глаз.

— Том, вы пообедаете с нами? — нарушая неловкую паузу, спросила Рэна.

— Н-нет, — прохрипел он в ответ, затем смущенно откашлялся и объяснил: — Я... я должен вернуться в город. У меня... у меня свидание.

На самом деле Том приехал в Галвестон с единственным намерением — увезти Трента в Хьюстон. Он решил, что его друг слишком долго жил отшельником. Через пару дней они уедут на сборы, а до этого Том собирался хорошенько поразвлечься и надеялся, что Трент его поддержит.

В результате Тома постигло двойное разочарование. Мало того, что его друг не испытывал ни малейшего желания покуролесить, так еще и это...

Когда Эна Рэмси вошла в гостиную, Том почувствовал, что почва медленно уходит у него из-под ног. Он не верил своим глазам и ожидал, что Трент вот-вот рассмеется и скажет, что разыграл его.

— По-моему, пребывание в этом тихом местечке пошло ему на пользу, — натянуто сказал Том и вновь замолчал.

Будь Эна красивой и утонченной, поддерживать разговор было бы гораздо легче. Но при виде этой женщины, напялившей на себя такие мешковатые брюки и уродливый жилет, Том потерял дар речи.

— Мы очень беспокоились из-за его травмы, но врач сказал, что плечо зажило и стало как новенькое. — С улыбкой она взглянула на Трента. — По крайней мере так сказал мне Трент. Думаю, что благодаря ему ваша команда выиграет Кубок кубков, — уверенно закончила Рэна и положила руку на колено своего возлюбленного. По этому непроизвольному жесту Том понял, что Трент говорил правду и они действительно очень близки.

Трент наигранно вздохнул и лениво вытянул руку, лежащую на спинке дивана.

— Надеюсь, теперь ты веришь, что она меня просто обожает? — спросил он с притворным безразличием.

За это Рэна шутя ткнула его в живот, и началась легкая потасовка, завершившаяся, как обычно, нежными объятиями.

— Трент говорил, что вы рисуете или что-то в этом роде, — подал голос Том, когда парочка наконец утихомирилась.

— Скорее, что-то в этом роде. Сейчас я расписываю ткани, но намерена пойти дальше — заняться эскизами обивки для мебели и прочими деталями интерьера.

Том слушал ее с вежливой улыбкой, но Рэне казалось, что он не вполне понимает, о чем идет речь.

Во время последней встречи Барри предположил, что состоятельные хьюстонские дамы, без особых раздумий выкладывающие сотни долларов за одежду из расписанной вручную ткани, с легкостью отдадут пару тысяч за разрисованный Рэной диванчик. Девушка решила посоветоваться с Трентом, который от души поддержал эту великолепную идею.

— Сделай несколько пробных работ, — предложил он. — Я могу разместить их на ведущих предприятиях, принадлежащих моей компании. И посмотрим на результат.

— На одном из них я как раз была сегодня. Заехала на текстильный склад, чтобы запастись тканями. — Рэна указала на оставленную у дверей громоздкую коробку. — Кстати, мне пора, — сказала она, вставая. — Много работы.

— Может, посидишь еще чуть-чуть с нами? — жалобно попросил Трент, удерживая ее за руку.

— Уверена, что вам с Томом есть о чем поговорить и без меня. Было приятно познакомиться, Том.

Молодой человек с трудом поднялся с маленького диванчика и безжизненным голосом произнес:

— Взаимно.

— Увидимся позже, дорогая. — Трент взял ее за локоть, притянул к себе и поцеловал на прощание.

Наконец Рэна высвободилась из его объятий, кивнула Тому, забрала коробку с тканями и направилась к лестнице.

Трент, улыбаясь, проводил ее взглядом. Воспоминания о прошлой ночи обдавали его тело горячими волнами. Как только девушка исчезла из виду, Трент повернулся к другу, сидевшему теперь в кресле и упорно глядевшему в пол.

— Ну, как она тебе? — спросил он, лениво потягивая пиво из банки.

Том ответил не сразу. Он помолчал, откашлялся, подняв наконец голову, посмотрел на приятеля и сказал:

— По-моему, ты самый жестокий, хладнокровный, эгоистичный сукин сын из всех, кого я знаю.

Трент медленно опустил пивную банку на журнальный столик. Несколько минут они молча смотрели друг на друга, затем Трент рассмеялся и спросил:

— Позволь узнать, почему?

Том встал и зашагал по комнате. Его движения едва ли можно было назвать грациозными. Конечно, на футбольном поле ему не было равных: там он был ловок, хватал мяч из самого неудобного положения, легко пробивался через стенку соперников. Теперь же, блуждая по гостиной, он напоминал слона в посудной лавке — врезался в столик, уронил фигурку из слоновой кости, споткнулся о край ковра. Преодолев полосу препятствий, Том наконец добрался до окна.

— Что ты вытворяешь с этой несчастной женщиной? — тихо спросил Том.

— То, что я, как ты выразился, вытворяю с этой женщиной, приносит нам обоим массу удовольствия. И в любом случае это не твое дело.

Том, к тому моменту с трудом державший себя в руках, передернул плечами.

— Ты же сам захотел услышать мое мнение. Так что теперь слушай, что я тебе скажу. Так безжалостно использовать эту женщину — непорядочно даже для такого человека, как ты.

— Такого человека, как я?

— Да, даже для тебя. Я наблюдал, как ты разбиваешь десятки женских сердец. Большинство тех, кого ты бросил, смогли это пережить. У них было все: куча денег, красивая внешность, толпа мужиков, желающих занять твое место. Уверен, что у Эны ничего этого нет, и она вряд ли переживет ваш разрыв.

— Прости, что как идиот все время повторяю за тобой, но о каком разрыве ты говоришь?

— Что с ней будет, когда ты уедешь на сборы?

— Она пока поживет здесь. Сам понимаешь, я же не могу взять ее с собой. А что такого особенного происходит с женами футболистов, когда их мужья разъезжают во время сезона или отправляются на сборы в спортивный лагерь?

— Хорошо, тогда ответь мне на другой вопрос: что будет с ней, когда ты вернешься со сборов, поселишься в Хьюстоне и возобновишь свой прежний образ жизни?

— Как только начнется сезон, я перестану себе принадлежать. И мы, конечно, не сможем видеться так часто, как этого хотелось бы. Неужели ты думаешь, что я этого не понимаю?

— Ты хочешь сказать, что будешь продолжать с ней встречаться?

— Да, черт возьми! А ты что подумал?

— И хочешь, чтобы она стала частью твоей жизни в Хьюстоне?

— Конечно, хочу.

Сбитый с толку, Том покачал головой.

— Ты действительно считаешь, что она впишется в твой круг общения и будет уютно себя чувствовать в компании твоих друзей?

— У тебя на этот счет какие-то сомнения?

— Не дури, Гемблин. Я — твой лучший друг, и меня ты не проведешь. Ты только взгляни на нее! — воскликнул он, указывая в сторону лестницы. — Разве она похожа на тех женщин, с которыми ты обычно появляешься в свете?

Закипая, Трент сжал руки в кулаки.

— Кажется, тебе пора уходить.

— Не волнуйся, уйду, но ты пойми: я говорю тебе все это не для того, чтобы досадить, а чтобы заставить тебя опомниться, взглянуть правде в глаза. Мне будет жаль, если ты разобьешь ее сердце, и, поверь, я буду всецело на ее стороне.

— Огромное тебе спасибо, но Эна не нуждается в твоем покровительстве. Кстати, о какой правде ты говоришь?

— Ты используешь Эну, чтобы ублажать свое эго так же, как использовал отпуск, чтобы вылечить плечо. Как ты сам отметил, Эна тебя обожает. Это действительно так — ты бы видел, как она на тебя смотрит! Ты способен соблазнить любую женщину. Черт побери, я — мужчина, у меня нет гомосексуальных наклонностей, но я знаю, что ты неотразим! Ты красивый мужик, суперзвезда в мире футбола и, судя по тому, что я слышал от твоих брошенных подружек, хорош в постели. Какая женщина сможет против такого устоять? Любой мужик позавидовал бы твоему успеху у представительниц противоположного пола, но ты поступаешь как последний подлец, теша свое самолюбие и испытывая свои чары на этой женщине.

Трент вскинул голову и встал в стойку.

— И зачем же я это делаю, мистер Неудавшийся Психолог?

Трент знал, куда бить, чтобы сделать больно. Том Тенди окончил психологический факультет, даже получил степень, однако был вынужден отказаться от врачебной практики, поскольку совмещать ее со спортивной карьерой было невозможно, — кто доверит свои переживания «тупоголовому футболисту»?

Том попытался утихомирить бурлящий в нем гнев. Он поднял руку и начал, загибая пальцы, считать:

— В прошлом году ты округил самую красивую девушку в Техасском университете, чей папочка заправляет чуть ли не всеми делами ее родного города. Далее — молодая вдова, во власти которой не только животноводческая империя ее последнего мужа, но и лучшие умы всего западного Техаса. Далее — белокурая президентша банка; принцесса, коротающая вместе с королем-отцом свои дни в американской ссылке. Мне продолжить?

Трент скрестил руки на груди.

— Продолжай, если хочешь. К чему ты ведешь?

— К тому, что с каждой из этих дам все у тебя было нормально, пока ты выигрывал. Один неудачный матч, и все — конец, финиш, разрыв.

— Да, после неудачной игры я бываю не в духе. Ну и что с того?

— Дело не только в твоем плохом настроении. Во взаимоотношениях с женщиной ты должен быть лидером, звездой. Разве ты позволишь ей хоть в чем-то превзойти тебя? На поле и в делах ты любишь жесткую игру, с радостью принимаешь брошенный тебе вызов и всегда сражаешься по правилам. Однако в личной жизни ты не потерпишь никакой конкуренции. Красивая, знаменитая, талантливая или просто чертовски удачливая женщина представляет колоссальную угрозу твоему эго, особенно когда ты проигрываешь на поле или... или, как теперь, — повредил плечо и рискуешь выбыть из большого спорта. — Том подошел поближе и сказал тихо, будто пытаясь утешить: — Не правда ли, Эне Рэмси затмить тебя не по силам?

Скрипнув зубами, Трент резко обернулся, но Том не испугался и продолжал как ни в чем не бывало:

— Она не блещет красотой, одевается гораздо хуже, чем ты, и денег у нее меньше, чем у тебя. Возможно, она талантлива, но ведь ты и сам не промах — звезда в мире футбола. — Том грустно вздохнул и положил руку на плечо друга. — Наверное, именно такая женщина тебе нужна была пару недель назад. Она обожает тебя, слепо верит каждому твоему слову. Давай посмотрим правде в глаза — ты сбежал сюда, когда в твоей жизни началась полоса неудач, и использовал Эну, чтобы подлечить свое уязвленное самолюбие.

Ярость, бушевавшая в Тренте в начале разговора, исчезла — пожалуй, в чем-то Том был прав. Трент уважал Тома Тенди и как профессионального спортсмена, и как хорошего человека. На протяжении многих лет их связывала настоящая мужская дружба, поэтому Том был вправе открыто выражать свои мысли.

— Конечно, в твоих словах есть рациональное зерно, но в одном ты ошибаешься — я всем сердцем люблю Эну Рэмси. Сначала все было именно так, как ты предполагаешь, — мне просто хотелось поразвлечься. Эна оказалась под рукой, так почему бы не воспользоваться? Мне все равно нечем было заняться. — Трент поднял голову и посмотрел другу в глаза. — Но только с ней впервые в жизни я узнал, что значит настоящая близость с женщиной. Наверное, это звучит глупо, но я влюблен в нее по уши. Пусть она не похожа на других. Может, именно это и пробудило во мне такое сильное чувство.

Том долго вглядывался в лицо приятеля, пытаясь понять, не шутит ли он. Затем его некрасивое лицо расплылось в смущенной улыбке.

— В таком случае извини, я был не прав. Желаю, чтобы у вас все получилось. Мир? — Том протянул руку.

Трент с радостью пожал ее и хлопнул друга по плечу:

— Мир.

Вскоре Том ушел, а Трент, перепрыгивая через несколько ступенек, помчался по лестнице, во все горло зовя Эну.

— Что случилось? Где пожар? — спросила девушка, выглядывая в коридор.

— Здесь.

Трент показал себе на грудь, завел ее обратно в комнату, пяткой закрыл дверь и заключил Рэну в объятия.

— Я хочу тебя.

— Трент!.. — смеясь и пытаясь вырваться из его сильных рук, взмолилась она.

— Прямо сейчас.

— Но, Трент, я не могу прервать...

Трент вновь склонился над ней. Опытные руки скользили по плавным изгибам ее тела. Трент уже знал, какие ласки доставляют особое удовольствие его любимой, и щедро использовал накопленный опыт.

Пожар, о котором говорил Трент, захватил и Рэну. О каком еще сопротивлении тут можно было говорить?..

Когда все закончилось, он еще долго лежал неподвижно, вдыхая цветочный аромат ее шелковистых волос. На улице уже стемнело, но и в сумерках Трент различал черты своей возлюбленной и недоумевал, почему Том не увидел, как она прекрасна. Густые длинные волосы рассыпались веером над ее головой, а нежная кожа излучала волшебный свет.

Вскоре Трент ощутил новый прилив желания. В этот раз все происходило медленно, нежность переполняла их.

Ни единой женщине не удавалось доставить ему такое наслаждение. На протяжении всего вечера Трент снова и снова утверждался в этой мысли, отметая все, что говорил ему старина Том.

9

Ранним утром Рэна лежала в полудреме и вспоминала, почему ей так не хочется просыпаться. Ответ пришел незамедлительно, и она зажмурилась, не желая никогда больше открывать глаза.

Настал день отъезда Трента.

Повернувшись на спину, Рэна с тоской уставилась в потолок и подумала, сможет ли она выдержать это испытание с честью. Однако долго ей грустить не пришлось. В дверь постучали, и Рэна моментально вскочила. На пороге стоял Трент.

— Если бы ты позволила мне остаться на ночь, мне бы не пришлось в шесть часов утра красться по коридору к твоей комнате. Но я все равно тебя люблю. — Трент подался вперед и поцеловал ее.

Хотя Руби давно знала всю правду об их отношениях, Рэна упорно стояла на своем и не позволяла Тренту ночевать с ней в одной постели, считая, что каждому из них необходимо время от времени побыть наедине со своими мыслями.

— Почему ты не одета для пробежки?

— Я не думала, что ты сегодня побежишь, — прошептала она.

— Ты ошибаешься. У нас еще долго не будет возможности побегать вместе по пляжу Галвестона. — Трент вытянул руку и похлопал девушку по плечу. — Поторопись, а я пока разомнусь на газоне перед домом.

Итак, Трент собирался притворяться, что этот день ничем не отличается от других.

И действительно, начинался этот день как всегда. Возвратившись после изнурительной пробежки, они выпили сока и позавтракали, поднялись по лестнице на второй этаж и направились было каждый к своей спальне, как вдруг Трент схватил Рэну за руку и затащил к себе в комнату.

— Что ты делаешь?

— Запираю дверь, чтобы ты не сбежала. Сегодня мы примем душ вместе.

Совместные водные процедуры, как и ночь в одной постели, до сих пор оставались для Трента под запретом.

— Но, Трент, ты же знаешь, что я...

Трент приложил к ее губам палец.

— Никаких «но». Относись к этому как к последнему подарку солдату, уходящему на фронт.

— Но...

— Ты меня любишь?

Он задал этот вопрос серьезно, и Рэна не посмела отшутиться.

— Да, — сказала она, — я люблю тебя, Трент.

— А я люблю тебя. Мы были настолько близки, насколько это возможно между мужчиной и женщиной. Я дотрагивался до тебя, делал все, что мне хотелось, и ты не запрещала. А теперь я хочу увидеть тебя обнаженной при свете. Прошу, не отказывай в этом.

Трент стал первым и, наверное, навсегда останется единственным мужчиной, который любил ее такой, какая она есть. Могла ли Рэна отказаться исполнить его желание в этот печальный день — день его отъезда?

Рэна не сопротивлялась, когда Трент принялся снимать с нее мешковатый тренировочный костюм. Вскоре, освободившись от последней детали туалета, девушка предстала перед ним обнаженной.

Прошло несколько минут, прежде чем

Трент обрел способность говорить. Его изумленный взгляд скользил по телу Рэны, от макушки до ступней и обратно. Сраженный открывшимся перед ним великолепием, он только и смог, что тихо выругаться.

— Зачем ты надеваешь эти уродливые тряпки? Такого прекрасного тела, как у тебя, я еще не видел, — сказал он охрипшим голосом и ошеломленно покачал головой.

Рэне хотелось заплакать от счастья. Комплимент, произнесенный Трентом, значил для нее больше, чем все похвалы, которые ей доводилось получать от восторженных поклонников. О том, что у нее красивое тело, ей говорили так часто, что эти слова потеряли для нее всякий смысл. Произнеся их, Трент словно вдохнул в них жизнь, заставляя звучать по-новому.

Если бы Рэна позволила себе продолжить эти размышления, она бы прослезилась и, очевидно, плакала бы еще долго. Но столь драгоценное для них время нельзя было тратить на слезы, и она взяла себя в руки. Подойдя к Тренту, она встала на цыпочки, губами дотянулась до его уха и прошептала:

— Мистер Гемблин, вам не кажется, что на вас слишком много одежды?

Когда они заходили в душевую кабину, Трент быстрым движением сорвал с нее ненавистные очки. Рэна потянулась, чтобы отобрать их, но Трент поднял руку высоко над головой, и очки оказались за пределами досягаемости. Рэна обиженно отвернулась.

— Эна, посмотри на меня.

Рэна любила его безумно. Что будет, если он узнает, какова она на самом деле? Впрочем, какая разница! Через несколько часов они все равно расстанутся. Рэна медленно повернула голову и подняла к нему лицо.

Казалось, Трент потерялся в бездонном омуте ее зеленых глаз.

— Какой необычный цвет... — пробормотал он, будто разговаривая с самим собой. — Какое преступление прятать такие красивые глаза за темными очками!

Трент положил очки на край раковины, затем взял лицо Рэны в ладони и принялся целовать ее закрытые глаза, щеки, лоб, подбородок. Поцелуями проложив себе путь к ее губам, Трент впился в них горячим поцелуем, проникая языком в глубь ее рта.

Под неутомимо бегущими струями они делали новые открытия, постигая тайны любви. Губы пили воду с пульсирующей плоти. Под вздохи и стоны руки скользили по влажной коже. Он одевал в облака мыльной пены вздрагивающие под его пальцами изгибы ее тела, а в знак благодарности женские руки творили с ним такое, что вскоре Трент начал задыхаться от желания.

— Ты сводишь меня с ума! — прошептал он, прижимая Рэну к себе.

Они вновь слились в единое целое, и это соитие казалось им бесконечным.

Вода давно остыла, а их тела продолжали гореть пламенем страсти.

По случаю отъезда Трента был подан праздничный обед. Руби казалась необычно притихшей.

— Ты уверен, что ничего не забыл?

— Тетушка, я собрал все вещи и дважды проверил комнату. Если я что-нибудь и оставил, ты сможешь прислать мне это домой, в Хьюстон. Моя экономка всегда на месте.

За весь обед Рэна не произнесла ни слова. Ей не хотелось есть, и, ковыряя вилкой салат из овощей и курицы, она изо всех сил старалась не расплакаться.

— Во сколько твой самолет?

— В принципе мы должны вылететь в четыре, но боюсь, что нас задержат журналисты. Так бывает всегда.

Трент взглянул на Рэну и нахмурился. Он ожидал, что она расстроится из-за его отъезда на целые три недели, но не думал, что она будет настолько подавлена.

— Тебя покажут по телевидению?

— Возможно. Посмотрите вечерние новости, и, может быть, вы меня увидите. — Пытаясь рассеять уныние, воцарившееся за столом, Трент подмигнул тетушке: — Хотите, когда нас будут снимать, я помашу вам рукой?

* * *

Как говорится, долгие проводы — лишние слезы. После затянувшегося обеда оставалось только попрощаться. Трент обнял Руби и чмокнул ее в щеку.

— Я говорю вам «спасибо» от имени моего тренера, моей команды и моих болельщиков.

Руби притворилась возмущенной:

— Что ты там бормочешь, глупый мальчик?

— Если бы вы не обеспечили меня тихой комнатой и трехразовым питанием, я не был бы сейчас в такой прекрасной форме. На сборах моим товарищам по команде придется по-

потеть, а мне будет легко, и все это — ваших рук дело.

Прослезившись, Руби промокнула влажные глаза носовым платочком и пробормотала, что двери ее дома для него всегда открыты. Трент пообещал звонить почаще, и Руби тактично удалилась, оставив Трента наедине с Рэной. У входа его ждала машина, забитая доверху вещами.

Без лишних слов он прижал Рэну к себе и обнял. Обхватив его что было сил, Рэна уткнулась лицом в его широкую грудь. Ей хотелось оставить себе кусочек его силы, впитать его запах, тепло, а еще лучше — заключить все это в бутылку, заткнуть ее пробкой и открыть ее, когда тоска по Тренту станет невыносимой.

— Теперь ты мне расскажешь?

— Расскажу — что?

— Почему у тебя такой вид, как будто твою любимую кошку задавила машина?

Рэна выдавила из себя улыбку:

— Неужели я действительно так выгляжу?

— Пожалуй, еще хуже.

— Мне грустно оттого, что ты уезжаешь.

— Всего на три недели.

«Навсегда», — мелькнула горькая мысль.

— Я буду звонить тебе каждый вечер.

«Может, пару вечеров, потом через вечер, потом еще реже».

— Я буду очень скучать по тебе.

«Пока не встретишь какую-нибудь красотку».

Трент поднял ее голову и поцеловал в губы. Зная, что этот поцелуй последний, Рэна вложила в него всю ту любовь, которую испытывала к Тренту.

— Поцелуй меня так еще пару раз, и я долечу до Калифорнии своим ходом, без помощи самолета, — заметил Трент, водя пальцем по ее влажным губам, потом крепко обнял и сказал: — Увидимся через три недели.

Проводив Трента, Рэна кое-как добралась до печально знакомой деревянной скамьи под лестницей, упала на нее и дала волю слезам. Она плакала горько и безутешно, и не было поблизости того, кто мог бы, как в прошлый раз, утешить ее.

Рэна благодарила бога за то, что у нее сейчас так много работы. За десять дней она расправилась со всеми заказами. Барри тем временем умело внедрял в жизнь идею расписанной вручную мебельной обивки, и Рэна получила заказ на три гигантские подушки и плетеный диванчик. К ее удивлению и радости, Трент действительно звонил каждый вечер. Они разговаривали подолгу, пока его сосед по комнате не требовал наконец заткнуться и выключить свет. Рэна успела так привыкнуть к его звонкам, что очень удивилась, когда Руби подозвала ее к телефону и сказала:

— Вас спрашивает мужчина, но не Трент. Кто бы он ни был, он исковеркал ваше имя, назвав вас Рэной.

Глаза Руби светились любопытством, и, чтобы избежать дальнейших расспросов, Рэна поскорее взяла трубку.

— Алло.

— Это Рэна Рэмси?

Рэна взглянула через плечо на Руби и, убедившись, что та уже углубилась в просмотр сериала, ответила:

— Да, это я.

Звонивший представился работником нью-йоркской страховой компании.

— Вы унаследовали страховой полис на пятьдесят тысяч долларов. Я хотел уточнить ваш адрес, чтобы выслать чек на эту сумму. Что касается налогов, то о них мы уже позаботились.

У Рэны пересохло в горле.

— Но кто... кто?

— Ах, простите. Мистер Мори Флетчер.

От неожиданности у Рэны подогнулись коленки. Меньше всего ей хотелось получить финансовую выгоду от смерти близкого друга. Одна мысль об этом была ей противна. Рэна проглотила ком в горле, справилась с приступом головокружения.

— Я думала, что в подобных случаях страховка не выдается.

Мужчина на другом конце провода слегка опешил:

— Простите, но я не совсем понимаю, что значит «в подобных случаях»? Что вы имеете в виду?

Рэна избегала произносить это ненавистное слово.

— Я имею в виду то, как он умер.

— Страховая компания пришла к выводу, что в обстоятельствах смерти мистера Флетчера ничего необычного нет. Никто не мог предсказать, как отреагирует его организм на лекарство.

— Лекарство? — Рэна со свистом втянула воздух.

— Да, лекарство для понижения кровяного давления, прописанное его лечащим врачом.

Я снова вынужден извиниться. Я предполагал, что вы знакомы с подробностями.

— Я тоже так считала, — приглушенно ответила девушка.

Значение этого телефонного разговора было столь велико, что Рэна не сразу это осознала. Теперь все встало на свои места, и Рэна с ужасом подумала, что собственная мать заставила ее поверить в версию о самоубийстве, на которое Мори якобы толкнул ее отказ.

— В тот день доктор прописал ему новое лекарство от гипертонии.

— Насколько я знаю, он принял его вместе со спиртным.

— Да, вскрытие подтвердило заключение полиции, но содержание алкоголя в крови оказалось незначительным. Конечно, он мог выпить один бокал вина за ужином, но не больше. Если бы в тот момент, когда мистер Флетчер потерял сознание, кто-нибудь оказался рядом, его можно было бы спасти. В любом случае бокал вина здесь ни при чем. Простите, мисс Рэмси. Я не хотел вас расстроить, — извинился он, услышав ее сдавленные рыдания.

— Нет-нет. Ничего страшного. Спасибо, что рассказали мне об этом.

Значит, Мори умер по нелепой случайности! Конечно, он расстроился из-за того, что Рэна отказалась подписывать контракт, но не до такой степени, чтобы покончить с собой. Рэну все еще печалила смерть друга, но теперь она освободилась от тяжкого бремени вины, и ей стало гораздо легче.

Когда позвонил Трент, Рэна все еще не пришла в себя. Первым делом она рассказала ему о случившемся.

— Ты не представляешь, насколько мне стало легче, когда я узнала, что не виновата в смерти Мори.

Трент не знал, что Мори был ее агентом, и думал, что Рэна потеряла просто близкого друга.

— Дорогая, я всегда верил, что ты здесь ни при чем. — Выдержав паузу, Трент продолжил: — Поскольку ты пребываешь в приподнятом настроении, я, пожалуй, спрошу тебя.

— О чем?

— Ты пойдешь со мной на вечеринку по случаю открытия футбольного сезона?

Рэна сжала телефонную трубку.

— На вечеринку?

— Да. Каждый год в это время владельцы нашей команды устраивают роскошную вечеринку. Форма одежды — парадная. Будет очень весело, и я хочу, чтобы ты пошла со мной.

— Не думаю, что это возможно, — быстро ответила Рэна.

— Почему? Может, у тебя уже появился кто-то другой? Тетя Руби не сдала случайно комнату какому-нибудь типу, похожему на Роберта Редфорда? Если тебе больше нравятся блондины, я могу перекраситься.

— Прекрати! Нет у меня никого. Просто роскошная вечеринка — это для меня слишком. Особенно та, на которую надо наряжаться.

— Послушай, расслабься. Ты будешь со мной, а я — звезда.

Рэна представила, как на том конце провода Трент самодовольно ухмыльнулся, и ее сердце переполнилось любовью. Что подумают его друзья и товарищи по команде о невзрачной, одетой как огородное пугало мисс Рэмси? Вспоминая выражение лица Тома Тенди при встрече с ней, Рэна решила, что больше никогда не поставит своего возлюбленного в столь глупое положение. С другой стороны, нарушить данный себе обет и пойти на вечеринку в виде Рэны она также не могла — Трент почувствует себя полным идиотом. Накануне решающего футбольного сезона Рэне не хотелось устраивать Тренту такую встряску. Сейчас он чувствовал себя на коне, и своим поступком Рэна боялась лишить его вновь обретенной веры в собственные силы.

— Я подумаю, — ответила она уклончиво, решая потянуть время и не отказываться сразу.

— Мама!

— Здравствуй, Рэна.

Рэна застыла в дверях, изумленно глядя на нежданную гостью, сидевшую вместе с хозяйкой дома в гостиной. Лицо Рэны стало мертвенно-бледным.

— Ваша мама приехала полчаса назад, — сообщила Руби, стараясь не замечать враждебности, с которой две женщины уставились друг на друга.

Сюзан Рэмси не понравилась Руби с первого взгляда, и в дальнейшем это впечатление не улучшилось, особенно когда она стала настаивать, что ее дочь зовут не Эна, а Рэна.

Только врожденное гостеприимство, присущее всем южанам, заставило Руби пригласить Сюзан в гостиную и предложить чаю, пока не появится Эна, или Рэна, — Руби теперь уж и не знала, как ее называть. Хозяйку раздражало, что Сюзан прямо с порога устроила ей допрос. На все вопросы Руби отвечала крайне уклончиво.

— Эна, дорогая, хотите чаю?

— Нет, Руби. Спасибо, — поблагодарила Рэна, не спуская настороженного взгляда с матери.

Та, в свою очередь, не пыталась скрыть недовольства крикливо одетой хозяйкой, интерьером дома и, самое главное, дочерью.

— Тогда я удалюсь и дам вам возможность пообщаться наедине. — И Руби поспешно направилась к выходу. Остановившись на мгновение подле Рэны, она положила руку ей на плечо и тихо сказала: — Позовите меня, если что-нибудь понадобится.

— Ты отвратительно выглядишь, — с ходу выпалила Сюзан. — У тебя совершенно обгоревшее лицо.

— Мама, мы находимся на острове. Я часто загораю, и мне это нравится.

Сюзан презрительно фыркнула:

— Руби сказала, что у тебя появился ухажер.

— Не могла она такого сказать, — спокойно заметила Рэна. — Очевидно, ты хитростью выудила у нее достаточно сведений, чтобы на их основе прийти к такому выводу. Но не говори, что Руби обо мне сплетничала. Я слишком хорошо ее знаю, чтобы поверить в это. Я также знаю, что у тебя природный талант к сбору самой разнообразной информации.

В ответ Сюзан приподняла тонкую бровь.

— Ты живешь здесь с мужчиной?

— Нет, но я влюбилась в мужчину, который здесь жил. Сейчас он в отъезде.

— Да, я слышала. Футболист? — Сюзан усмехнулась, всем своим видом показывая, насколько это нелепо. — Ты сходишь с ума из-за пары крепких ног. Мне давно следовало догадаться, что держит тебя в этом захолустье.

— Трент не имеет никакого отношения к моему отказу вернуться.

— Неужели?

— Можешь мне не верить, но это так.

— Мы говорим о Тренте Гемблине, не так ли?

— Совершенно верно.

— Судя по тому, что о нем пишут, на его спортивной карьере можно смело ставить крест.

— В прошлом сезоне он получил травму плеча, но сейчас здоров как никогда.

— Рэна, ради всего святого, перестань нести эту чушь. Меня уже тошнит от твоих глупостей. — Сюзан смахнула с юбки несуществующую пылинку. — Какое будущее у этого романа?

— Не знаю. Но могу заверить, что тебя это не касается, — сказала Рэна, четко выговаривая каждое слово.

Лицо Сюзан вытянулось от удивления.

— У меня новая жизнь, — спокойно продолжала Рэна, — новая работа. Мои дела идут неплохо. И даже если я вернусь в модельный бизнес, это никак не будет связано с тобой. — Рэна подалась вперед и, сорвав очки, смерила Сюзан свирепым взглядом. — Зачем ты заставила меня поверить, что Мори покончил с собой, да еще по моей вине?

Казалось, ничто не может заставить Сюзан потерять самообладание.

— Ты заблуждаешься.

— Ты даже в этом не можешь быть честной. Ты не остановишься ни перед чем, правда, мама? Ты сделаешь все, чтобы добиться своего. Мне жаль тебя, мама. Ты, наверное, очень одинока.

Сюзан вскочила с места.

— Оставь свою жалость для кого-нибудь

другого! Мне удалось кое-как наладить свою жизнь после того, как ты меня бросила. Я продала квартиру и не отдам тебе ни цента с полученной суммы.

— Поздравляю. Эти деньги — в твоем распоряжении. Я всегда ненавидела этот мавзолей, который ты по ошибке называла домом.

Но Сюзан не так-то легко было сбить с намеченного курса:

— Недавно я познакомилась с человеком, который помог мне привести в порядок мои финансовые дела, так что теперь я проживу и без тебя. Он пригласил меня погостить в его доме, а я вызвалась кое в чем помочь ему.

Услышав это, девушка улыбнулась. Как хорошо, что мать нашла, на кого переключить свое внимание, и наконец оставит ее в покое!

— Это прекрасно. Надеюсь, с ним ты обретешь счастье.

— За меня можешь не волноваться. А ты потратишь свои лучшие годы на какого-то недоумка, который только и умеет, что носиться по футбольному полю с мячом.

— Не знаю, есть ли будущее у наших отношений, но я как-нибудь сама в них разберусь.

— А он знает, кто ты на самом деле?

Рэна метнула в сторону матери взгляд, полный ненависти, и Сюзан победоносно улыбнулась, определив, что попала в яблочко.

— Неужели не знает? — промурлыкала она. — Со слов его тети я поняла, что молодой человек страдает от уязвленного самолюбия, особенно когда речь идет о его карьере. Вряд ли он обрадуется, узнав, с кем имеет дело. Поэтому ты скрываешь свое настоящее имя?

— Нет!

— В любом случае это меня больше не интересует, — равнодушно сказала Сюзан. — У моего друга дела в Хьюстоне, и мы прилетели всего на пару часов.

Сюзан поднялась, взяла сумочку и, уже направляясь к выходу, добавила:

— Мне пора. Мы встречаемся в аэропорту, и мне не хочется опаздывать. Я дала тебе последний шанс, но ты им не воспользовалась. Больше я не стану тебя уговаривать. Если ты предпочитаешь жить в нищете, без всяких перспектив, пожалуйста, живи. Кстати, когда я съезжала с квартиры, я собрала твои вещи и отправила их на этот адрес. Скоро ты их получишь. Прощай.

Сердце Рэны сжалось. Это конец. Они прощаются навсегда. Неужели их последняя встреча так закончится? Судя по настрою Сюзан, она решила окончательно вычеркнуть дочь из своей жизни.

— Мама! — вырвалось у Рэны. Сделав несколько шагов, Рэна остановилась и протянула руки.

Сюзан обернулась, но на лице у нее не дрогнул ни один мускул, а глаза все так же холодно смотрели на дочь. Она казалась совсем чужой, но Рэна собралась с духом и сказала то, что давно хотела сказать:

— Ты говоришь, что я живу в нищете. Это не так. Никогда еще я не была так богата, как сейчас. — Рэна замолчала, отчаянно вглядываясь в глаза матери, пытаясь найти в них хоть толику тепла и понимания. — Я обрела истинную красоту. Я познала любовь. Всему этому, сам того не подозревая, научил меня Трент. Я думала, что ненавижу тебя, но теперь понимаю, что ошибалась. Я люблю тебя вопреки тому, какая ты есть. Я люблю тебя, мама, и мне жаль, что тебе не дано познать счастья, которое приносит это светлое чувство.

Конечно, Рэна не ожидала, что этот крик ее души что-то изменит. Так и произошло — Сюзан развернулась и молча ушла, так и не сказав ни слова.

— Ну как, ты решила?

— Я...

— Дорогая, говори громче. Я звоню из раздевалки, и здесь очень шумно. Ты пойдешь со мной на вечеринку? Я единственный, у кого нет пары. Ребята меня на смех поднимут. Ты же не хочешь, чтобы это произошло?

Рэна все еще терзалась сомнениями. Было уже около одиннадцати часов утра, но она так и не приняла окончательного решения. Поздней ночью Трент со своей командой вернулся в Хьюстон, утром был занят на тренировке. Через несколько часов начиналась вечеринка, и Трент имел полное право потребовать окончательного ответа.

По прошествии некоторого времени Рэна поняла, что встреча с матерью, закончившаяся на столь печальной ноте, пошла ей на пользу. Сама того не желая, Сюзан заставила Рэну всерьез задуматься о ее любви к Тренту и о чувствах, которые испытывал к ней сам Трент. Сколько раз он клялся ей в любви, сколько раз говорил по телефону о своих чувствах! Для их отношений разлука стала своеобразным испытанием, которое Трент с честью выдержал. Если раньше Рэна полагала, что попрощалась с ним навсегда, то теперь у нее не возникало сомнений в серьезности его намерений продолжать отношения.

Рэна решилась задать себе главный вопрос: любит ли он ее только потому, что она не похожа на других? Станет ли он любить Рэну так же сильно, как любил Эну? В любом случае маскарад не мог продолжаться вечно — это она хорошо понимала. Эна и Рэна — две половинки одного целого. Одной приходится скрываться под маской заурядности, а другой — прятать истинные чувства под роскошной одеждой и искусным макияжем.

Любить — значит понимать и прощать. Для Трента ее появление в виде Рэны станет тяжелым испытанием его чувства, но ей придется решиться на этот шаг. Иначе их отношения ничего не стоят.

Конечно, не одному Тренту придется нелегко. Хватит ли ей сил, чтобы справиться?

— Хорошо, я пойду с тобой.

— Отлично! Я пришлю за тобой лимузин.

— Не сходи с ума.

— Я уже сошел с ума от любви к тебе, и когда мы встретимся, я за себя не отвечаю.

Трент и не предполагал, сколько горькой иронии заключалось для Рэны в этих словах.

Они попрощались, и, положив трубку, Рэна медленно побрела в ванную комнату. Глядя в зеркало, она медленно сняла очки и, опасаясь передумать, разбила их, стукнув о край раковины, затем собрала осколки и выбросила в мусорное ведро.

Тряхнув головой, Рэна собрала волосы в пучок, открыла шкафчик над раковиной и достала косметичку.

Одетая в роскошное белое платье, сшитое для рекламного ролика духов, Рэна выглядела сногсшибательно. Порывшись в коробках и тюках, присланных матерью, девушка остановила свой выбор именно на этом платье — одном из самых любимых ею в ее прошлой жизни.

Рэне пришлось слегка переделать его — сказались лишние килограммы, но зато теперь шелковая ткань так же, как и раньше, послушно облегала каждый изгиб ее тела. Вырез, обнажающий одно плечо, украшала блестящая дорожка бисера.

Рэна решила не увлекаться украшениями и ограничилась лишь парой сережек, усыпанных драгоценными камнями и светившихся, словно маленькие люстры.

Пара часов у девушки ушла на возвращение прежнего облика. Подровняв волосы, а затем проведя полчаса в горячих бигуди, Рэна старательно расчесала волнистую гриву, откинула ее назад и посмотрелась в зеркало. Копна густых волос, как и требовалось, обрамляла ее лицо и водопадом струилась по спине.

Потом Рэна занялась маникюром, придав овальную форму все еще коротким ногтям и покрыв их бледно-розовым, в тон губной помаде, лаком.

От тонального крема загорелая кожа засветилась. Слава богу, Рэна еще не утратила навыка нанесения макияжа. Лицо выглядело совершенно естественным, но эффект получился потрясающий. Теперь осталось только наложить румяна под четко очерченные скулы.

Из зеркала на нее смотрело неправдоподобно красивое лицо языческой жрицы, лицо, к которому тянулись не только мужчины, но и все без исключения объективы фотокамер.

Лимузин притормозил у особняка, где проводилась вечеринка. Шофер обошел машину и помог Рэне выйти. Прижимая к себе маленькую бисерную сумочку, она оперлась на предложенную руку и тихо поблагодарила его.

— Всегда к вашим услугам, мисс Рэмси. Желаю приятно провести вечер.

Теплые летние сумерки источали благоухание цветущих магнолий. Кожа Рэны покрылась мелкими бисеринками, но причиной тому была не духота, а волнение, с которым она никак не могла справиться.

За канатными заграждениями образовалась давка: представители средств массовой информации всеми силами пытались добыть пару хороших снимков гостей вечеринки и виновников торжества — «Хьюстонских мустангов».

С гордо поднятой головой, расправив плечи, Рэна стремительно прошла мимо журналистов.

— Ничего себе! Интересно, чья эта крошка? — присвистнул один спортивный комментатор. Слава богу, он ее не узнал, зато узнала его коллега — журналистка.

— Скорее сюда! — возбужденно выкрикнула она фотографам. — Надо успеть заснять ее до того, как она войдет.

— А кто это? — недоуменно спросил ее коллега.

— Это же Рэна! Ты что-нибудь, кроме «Спортс иллюстрейтед», читаешь? Хотя даже в этом журнале пару лет назад она снималась для рекламы новой коллекции купальников.

— Ах да! Как я мог ее забыть! Она ведь известная модель?

— Одна из лучших.

— Что она делает на этой вечеринке?

— Не знаю, но обязательно выясню.

— Рэна уже несколько месяцев не появлялась на публике. Говорят, она сильно растолстела.

— Если бы все толстые женщины так выглядели... — сказал журналист, плотоядно поглядывая на Рэну.

До Рэны донеслись отдельные обрывки фраз. Этого оказалось достаточно, чтобы понять: ее появление не осталось незамеченным. Что ж, выбор сделан, маска сброшена, и теперь, что бы ни случилось, изменить ход событий уже не в ее власти. Правда, ее меньше всего беспокоило, что скажет о ней толпа. Рэну волновало мнение лишь одного человека.

Наконец девушка поднялась по лестнице особняка. У входа ее встретила седовласая чета хозяев «Хьюстонских мустангов». Они были поглощены беседой с Томом Тенди.

Перед тем как войти, Рэна задержалась у входа. Том следил за ней краем глаза.

— Здравствуйте, Том, — тихо сказала Рэна.

Громкая музыка и оживленная беседа заглушали ее слова.

Их глаза встретились. Ошеломленный, Том что-то пробурчал в ответ и отошел, освобождая Рэне место рядом с хозяевами, которые уже разглядывали ее с любопытством, ожидая, что их представят.

— Мистер и миссис Харрисон, познакомьтесь, пожалуйста, с мисс... мисс...

Теперь Рэна окончательно убедилась, что Том ее не узнал. Не желая оставлять его в столь неловком положении, девушка протянула руку и представилась:

— Меня зовут Рэна.

Мистер Харрисон, буквально потерявший дар речи при виде Рэны, — а это случалось с каждым мужчиной, видевшим ее впервые, — молча ответил на рукопожатие.

Миссис Харрисон, не обращая внимания на остолбеневшего мужа, мило улыбнулась и сказала:

— Рэна, ваше присутствие для нас большая честь. У вас потрясающее платье.

— Спасибо.

— Том, поухаживайте за Рэной. Может, она хочет чего-нибудь выпить.

— Да, конечно. Вы хотите... гм... — промямлил он, путаясь в словах, затем кивнул в сторону бара, и Рэна пошла в указанном им направлении.

Том пробивался сквозь толпу, время от времени оборачиваясь назад, на Рэну, сбитый с толку и не понимающий, откуда это прелестное создание могло его знать. Как Том ни пытался, он не мог вспомнить, где они могли познакомиться. Даже если бы в тот момент он был мертвецки пьян, он все равно запомнил бы эту красотку.

— Вы говорите, вас зовут Рэна?

— Да, но пару недель назад в Галвестоне меня представили вам как Эну. Кстати, где Трент?

Том остановился как вкопанный. С открытым от удивления ртом он обернулся, схватил своими огромными ручищами Рэну за плечи и уставился на нее.

— Черт возьми! — повторил он несколько раз. Запрокинув голову, Том разразился диким хохотом. — Вот сукин сын! Ну подождите, доберусь я до него! Он и раньше любил надо мной подшутить, но эту шутку я ему запомню надолго. Купил меня с потрохами! Да и вы хороши — вы ведь тоже принимали в этом участие. Боже мой, ни за что бы вас не узнал!

— Знаете, вообще-то это была не шутка. Я...

В этот момент Рэна заметила Трента. Молодой человек стоял в нескольких метрах от нее в компании товарищей по команде. Судя по их росту, они были защитниками, и по сравнению с ними Трент вовсе не казался высоким. Однако для Рэны он все равно оставался единственным мужчиной в этом зале.

Темные волнистые волосы колечками спадали на воротник. Загорелая кожа лица казалась еще темнее на фоне белоснежной рубашки. Белые штаны плотно облегали его мускулистые ноги, а синий блейзер сидел на нем как влитой.

Трент рассмеялся, и лицо его осветила столь любимая ею улыбка. Время от времени он поглядывал на дверь. Его карие глаза блестели от возбуждения и предвкушения встречи с любимой.

Сердце Рэны сжалось от любви. Подсознательно желая отсрочить неприятное, она готова была вечно так стоять и смотреть на него. Но то, что должно было случиться, наконец произошло: его взгляд скользнул по толпе и остановился на ней.

Как и его друг, Трент прибегнул к типично

мужскому приему — обежал ее взглядом с головы до ног и обратно. Ослепительная женщина в белом, с темно-рыжими волосами, кожей нежной, словно спелый персик, и профилем, будто высеченным из мрамора, огромными зелеными глазами и фигурой, при виде которой у Трента перехватило дыхание, стояла вдалеке и пристально смотрела на него.

Сердце Трента так бешено заколотилось, что ему даже стало немного совестно, и, делая над собой колоссальное усилие, он отвел от нее взор.

Где же Эна?

Пристальный взгляд незнакомки заставил Трента вновь посмотреть в сторону этой блистательной женщины. Трент учтиво кивнул, как бы подтверждая, что ему приятно ее внимание, и женщина улыбнулась ему в ответ. В этот момент Трент заметил, что ее передние зубы слегка искривлены. Но этот дефект ничуть ее не портил...

Рэна наблюдала, как меняется его лицо. Эмоции сменяли одна другую, и все они отражались на его удивленной физиономии столь же явно, как солнечные блики на воде в теплый день. «Не может быть», — прочитала она в его глазах. Затем его лицо расплылось в довольной улыбке, и Трент начал пробираться к ней сквозь толпу. Рэна пережила один ликующий миг, прежде чем он остановился и помрачнел.

Широкая улыбка бесследно исчезла с его лица. Радостный блеск его глаз сменился холодным мерцанием. Его тело напряглось, будто готовясь к прыжку.

Трент резко развернулся и зашагал прочь. Гости продолжали есть, пить и веселиться, даже не подозревая, какая драма разворачивается у них на глазах.

— Послушайте, что происходит? — спросил удивленный Том.

— Мы все объясним вам позже.

— Хотите, я пойду с вами?

Направляясь вслед за Трентом, Рэна обернулась.

— Спасибо, но это лишнее. Нам нужно побыть одним.

Достаточно ей было на секунду отвлечься, как Трент исчез из виду.

Трент всегда казался Рэне крупным мужчиной, но другие футболисты — гиганты по сравнению с ним — заслоняли его своими телами, массивными, словно стволы столетних деревьев. Рэна отчаялась, пытаясь разглядеть его сквозь толпу этих великанов.

Вскоре краем глаза она заметила фигуру Трента, выходящего из дверей на другом конце комнаты. Рэна бросилась вслед за ним, но в этот момент ансамбль грянул гимн команды. Началось бурное веселье, и Рэне с трудом удавалось пробираться сквозь толпу, опьяненную шампанским и надеждами на удачу в грядущем сезоне.

Лавируя между ликующими гостями, Рэна вышла наконец через створчатые двери в темноту ночи. По ступенькам она спустилась на мощенную кирпичом площадку у великолепного бассейна. Рядом без тени смущения обнималась какая-то парочка влюбленных. Фигура Трента мелькнула на противоположном конце бассейна. Он стремительно удалялся.

— Трент, постой!

То ли он не слышал, то ли не хотел слышать. Рэна боялась второго и припустила за ним вслед. Высокие каблуки и узкая юбка сковывали ее движения, и Рэна скинула туфли и побежала босиком.

Ступив на влажную траву, Рэна ощутила ее прохладу, особенно приятную после нагретой солнцем плитки. Трент уже пересек газон и направлялся к искусственному озеру. На берегу, заросшем папоротником, стоял белый летний домик, украшенный аляповатым орнаментом.

Рэна догнала беглеца, когда тот начал стягивать с себя блейзер. Галстук петлей болтался на его шее, а сквозь расстегнутую до пояса рубашку было видно, как мощная, поросшая волосами грудь вздымалась от гнева. Как только Рэна ступила на террасу летнего домика, Трент обрушил на нее все накопившееся раздражение:

— Что, пришла посмотреть, не растут ли у меня уши?

Сбитая с толку, она отчаянно потрясла головой. До того момента Рэна и не сознавала, что уже плачет.

— Что, что ты имеешь в виду?

— Ты выставила меня на посмешище, сделала из меня осла и, наверное, пришла посмотреть на результаты своих стараний?

— Ты ошибаешься.

Трент упер руки в бока и принял воинственный вид.

— Ошибаюсь? Тогда расскажи, как все было на самом деле. Или по крайней мере объясни, что заставило тебя так со мной поступить?

— Выставлять тебя на посмешище я вовсе не собиралась. Кстати, кто кого начал преследовать? Насколько я помню, именно ты сделал первый шаг.

Трент посмотрел на властно указывающий на него женский пальчик и... не узнал его — пальцы его возлюбленной всегда украшала пара-тройка мазков краски. Глаза, пристально глядевшие на него из темноты, поражали своей красотой и тоже казались чужими. На какое-то мгновение он растерялся, позабыв о гневе.

— Я тебя не знаю.

— Меня зовут Рэна.

— Уж это-то я понял, — раздраженно ответил Трент. — Я не среднестатистический «тупоголовый футболист», каким ты меня, очевидно, считаешь. Я читаю журналы. Я езжу по дорогам. — Трент раздраженно махнул рукой. — Думаю, ни один водитель не пропустил бы гигантский рекламный щит с твоим полуобнаженным телом. Я смотрю телевизор, передачи, в которых обсуждаются такие глобальные проблемы, как длина юбки, в то время как полмира умирает от голода.

— Ах! — возмущенно воскликнула Рэна. —

А футбольные матчи, наверное, приносят голодающему миру большую пользу.

Пытаясь сдержать гнев, который, словно лава, рвался наружу, Трент закрыл лицо руками.

— Ты права. Мы оба почти ничего не стоим. Но я по крайней мере осознаю это и не строю из себя великого благодетеля, а ты... Зачем тебе был нужен этот маскарад, эта чертова одежда и все остальное?

— Я оставила модельный бизнес более чем полгода назад. Я устала.

— От чего? От собственной красоты? От того, что весь мир был у твоих ног и каждая женщина старалась подражать тебе? Да ладно тебе, Эна, или Рэна, или как там тебя зовут. Мне уже не пять лет. Назови мне хоть одну правдоподобную причину, и я тебе поверю.

— Дело не только в том, что я оставила карьеру. Я сожгла за собой мосты и начала новую жизнь.

— Да? — Трент зло усмехнулся. — И отказалась от славы и денег?

— Моя мать задумала продать меня одному пожилому миллионеру, — все больше распаляясь, Рэна почти кричала. — Это достаточно веская причина для отъезда? Мне не хотелось торговать собой, и я покинула Нью-Йорк. Приехав сюда и поселившись в доме Руби, я решила взять новое имя, изменить внешний облик, стать простой, обыкновенной. Мне был нужен только покой. Я мечтала, чтобы люди принимали меня такой, какая я есть, чтобы они видели во мне женщину, а не дорогую, красивую игрушку!

— Хорошо, пока я тебе верю. — Трент оглядел ее прическу, платье. — Но что произошло сегодня вечером? Почему, раз и навсегда изменив свою жизнь, именно сегодня ты решила стать прежней?

Рэна подошла к нему поближе.

— Я влюбилась. Влюбилась в тебя, Трент.

Трент повернулся к ней спиной и, засунув руки в карманы, посмотрел на тихую гладь воды. Тяжелый, напоенный влагой воздух был неподвижен. В кустах, растущих по берегам озера, пели сверчки; из прохлады болотистой воды доносилось кваканье лягушек.

— При чем здесь это? — нарушая воцарившееся молчание, спросил Трент.

— Это самое главное. Ты говорил мне, что тоже любишь меня. Меня, — Рэна выделила это слово, — а не то, как я выгляжу или как одеваюсь. — Она прижала руки к груди. —

Знаменитая модель — это тоже я, эта работа была неотъемлемой частью моей жизни. Несколько месяцев назад именно это было для меня самым важным.

— А что, если твоя любовь окажется такой же фальшивкой, как и все остальное? — вновь поворачиваясь к ней лицом, спросил Трент.

— Разве Эна Рэмси была фальшивкой?

— Ее имя — уж точно! — воскликнул Трент, раздраженно взмахивая рукой.

— Ты предположил, что меня зовут Эна, потому что увидел подпись «Эна Р.» на одной из моих работ. Переставь одну букву, и получится «Рэна».

— Как остроумно! — прошипел он. — Почему же ты меня не исправила?

— Я все еще боялась разоблачения. Я запуталась, и мне нужно было время, чтобы во всем разобраться.

— Но у тебя было время. Много времени.

— Я боялась тебе рассказывать. Ты только начинал испытывать ко мне влечение, и мне не хотелось тебя спугнуть.

Прозрачная слеза скатилась по ее щеке.

— Ты стал первым мужчиной, который принял меня и полюбил за то, какая я в душе, не обращая внимания на мой внешний облик.

Открыв свое настоящее имя, я рисковала потерять тебя. Прости, что я так долго тебя обманывала. — Рэна вздохнула. — Ты злишься на меня, и у тебя есть на это право. Я же не зря отказывалась идти на вечеринку. Меньше всего мне хотелось, чтобы ты почувствовал себя одураченным. Думаешь, я сама получала удовольствие, разыгрывая этот спектакль? Бывало, мне безумно хотелось все рассказать, но ты убеждал, что любишь меня за то, что я особенная, не похожая на других. Как знать, может, ты не полюбил бы Рэну так же, как любил Эну. — Рэна вытерла мокрые от слез щеки и тихо рассмеялась. — После нашей первой ночи мне захотелось накраситься, нарядиться, стать красивой именно для тебя. Каждая женщина желает быть неотразимой в глазах своего любимого. Но твои нежные слова, твои ласки заставили меня познать другую красоту — красоту души. Никогда еще я не чувствовала себя так прекрасно. Я наслаждалась красотой, идущей из глубины наших душ. Чтобы лучше понять, что заставило меня лгать тебе, посмотри на это лицо. — Рэна пальцем указала на свой подбородок. — Если бы ты знал, сколько горя оно мне причинило! Ты, конечно, можешь подумать: «На что она жалуется? Это лицо заработало ей целое состояние. Она красива». Однако мне пришлось столкнуться с той же жестокостью, с теми же предрассудками, отчуждением, болью, которая преследует некрасивых женщин.

Рэна подошла к нему вплотную и положила ладони ему на грудь.

— Ты любил Эну, несмотря на ее невзрачность. Став Рэной, я не изменилась. Ты сможешь полюбить и принять меня такой, какой видишь перед собой сейчас?

Смущенный тем, что его глаза наполнились слезами, Трент часто заморгал.

— Ты прекрасна, — хрипло произнес он. — Но я... я не знаю тебя. Ты — богиня, спустившаяся с небес.

— Это не так, Трент. Поговори со мной, — умоляла Рэна. — Прикоснись ко мне. Поцелуй меня, и ты поймешь, что я — твоя Эна.

Рэна не стала ждать. Трент только наклонил к ней голову, и она обвила руками его шею.

— Я так по тебе скучала, — прошептала она, прижимаясь лицом к его груди. — Я так по тебе скучала!

Трент тихо застонал и прижал ее к себе. И если мысленно он все еще не мог принять ее, то его тело мгновенно подсказало ему, что это она — его любимая и единственная, самая родная женщина на свете. Пальцами расчесывая густые волосы, он приподнял ее голову. За мгновение до того, как их губы встретились, Трент замер, и в его глазах мелькнуло сомнение. Рэна обхватила его затылок и не позволила отступить.

— Не смей сомневаться! Не бойся размазать мою косметику. Поцелуй меня так, как целовал раньше.

Казалось, Трент только и ждал этого приглашения. Его жадный рот припал к влажным губам, раскрывшимся ему навстречу.

Трент больше не сомневался. Это была она, его Эна.

— Как отреагировала Руби?
— Бедняжка! Она потеряла дар речи.
— Она узнала Рэну?
— Еще бы! Ты же помнишь, с каким интересом она разглядывает журналы мод. К тому же Руби слышала, как мать назвала меня Рэной и...
— Твоя мать? Когда?
— Она нанесла мне неожиданный визит. Я узнала, что Мори...
— А кто такой Мори?

— Мой импресарио. Друг, который недавно умер.

— Тот, который, как ты думала, покончил с собой?

— Да, но в это меня заставила поверить мать.

— Какая стерва!

— Да, наверное...

— Прости, что перебиваю. Продолжай, пожалуйста. Вся эта история как мозаика, в которой большая часть фрагментов отсутствует.

— Позже я постараюсь заполнить все пробелы. Короче говоря, мать ненадолго заехала ко мне, и встреча была не из приятных. — В голосе Рэны зазвучали грустные нотки. — Мне остается лишь надеяться, что когда-нибудь мы достигнем понимания и станем по-настоящему близки.

Трент нежно поцеловал ее в затылок.

— Хочется верить, что так и будет — ради твоего спокойствия. И вообще, хватит об этом. Расскажи мне лучше о тете Руби.

— Руби слышала, как два человека назвали меня Рэной, но, очевидно, это имя не отложилось в ее памяти. Сегодня вечером, когда я спустилась вниз, она уставилась на меня и принялась что-то бормотать. Я сказала, что все объясню позже.

— Я чувствую, мисс Рэмси, что вам придется объясняться еще долго...

Трент повернул ее к себе, и его пальцы сплелись на ее затылке. Нежный и неторопливый поцелуй влюбленных, казалось, длился целую вечность.

Вскоре после примирения Трент с Рэной покинули вечеринку. Насладившись пылкими поцелуями на веранде летнего домика, они привели в порядок одежду, отыскали туфли Рэны и вернулись в особняк. У входа их встретил Том Тенди. По всему было видно, что он взволнован и сбит с толку:

— Что, черт возьми, происходит?

Не тратя время на подробности, они ввели Тома в курс дела. Том в замешательстве покачал головой.

— Я должен был догадаться, что мой приятель Гемблин, великий покоритель женских сердец, завоюет самую красивую женщину Соединенных Штатов, — проворчал он.

— Ты и вправду великий покоритель женских сердец? — спросила Рэна, нежно покусывая мочку его уха. Обнаженные, они лежали в гигантской постели Трента. После беглой экскурсии по дому они пожелали спокойной ночи растерявшейся экономке, и Трент отвел Рэну в спальню.

— Тебя что-то не устраивает? — Сильными руками он сжал ее плечи.

— Нет, — вздохнула она. — Но я предпочитаю постоянство.

— Теперь и я тоже, — сказал Трент, пристально глядя ей в глаза.

Рэна очертила пальцем контур его губ.

— Есть ли у нас будущее?

— Да, если ты согласишься выйти замуж за стареющего футболиста.

Рэна поднесла его руку к своим губам и поцеловала искривленный палец.

— Больше всего на свете я хочу стать твоей женой. Однако ты не прав, называя себя стареющим футболистом.

— Рэна, — с легкостью произнес он новое имя, — я говорю это совершенно серьезно. В этом сезоне я стану посмешищем, и надо мной будут смеяться все Соединенные Штаты.

— Нет, ты будешь на высоте, — шепнула она в ответ. — Но если даже проиграешь, не стоит делать из этого трагедию. Неужели ты еще не понял, что добился колоссального успеха?

— В чем же?

— В некоторых вещах, которые важнее, чем футбол.

— Например?

— Например, научился любить и заботиться о других.

— А раньше ты считала меня потребителем. И Том обвинил меня, что я влюбился в Эну лишь потому, что она была первой женщиной, не угрожающей моему хрупкому эго.

Рэна отрицательно покачала головой, отвергая эту теорию:

— Я с ним не согласна, хотя, возможно, мне удалось кое-чему тебя научить.

— Чему же?

— Надо уметь не только брать, но и отдавать. Если человек следует этому правилу, то, к чему бы он ни стремился, — успех обеспечен.

— Да, это я понял. Но обещай мне, что не будешь сердиться, если после неудачного матча я стану угрюмым и раздражительным.

Рэна поцеловала его и игриво заметила:

— Наверное, мне придется продумать несколько способов улучшить твое настроение.

Трент склонил голову набок, и в его глазах заиграл озорной огонек.

— Знаешь, я себя очень странно чувствовал, когда мы вышли с вечеринки и на нас набросились фотографы. Они уделяли нам равное внимание, снимали тебя так же охотно, как и меня. Кстати, ты не думаешь вновь стать моделью?

— Возможно, если это не помешает нам любить друг друга и воспитывать детей.

Губы Трента растянулись в хитрой улыбке, которую Рэна так любила.

— Каких детей?

— А ты против?

— Конечно, нет. Мне давно хотелось наполнить этот дом детскими голосами.

— Вот и хорошо. Давай начнем сейчас же!

Трент засмеялся и крепко обнял ее.

— Боже мой, до чего ты красива! — с гордостью воскликнул он, в очередной раз удивленно разглядывая ее лицо. — Я мечтаю увидеть тебя за работой — перед объективами фотокамер или на освещенном подиуме.

— Сначала мне придется похудеть.

— Похудеть? Ты и без того костлявая.

— Недостаточно, чтобы участвовать в показе мод. За время, проведенное в Галвестоне, я полюбила жареную картошку и вкусные соусы. Не знаю, смогу ли снова перейти на салат и воду.

— Делай что хочешь, но этот прекрасный бюст, — Трент поднял голову и поцеловал ее грудь, — прошу тебя сохранить.

Рэна вздохнула и подставила губы для поцелуя.

— Как это прекрасно, — чуть позже простонал Трент.

— Что?

— Тихий звук, который ты издаешь каждый раз, когда я вхожу в тебя. Желаю слышать его хотя бы раз в день на протяжении всей жизни.

— Значит, ты собираешься быть со мной так долго?

— Наверное, придется.

— У тебя такой обреченный тон.

— На самом деле я это делаю из жалости к тебе.

— Правда?

— Да, — простонал Трент. — Если я не женюсь на тебе, ты так и умрешь старой девой.

— Почему?

— Потому что ты — несчастная, жалкая дурнушка с кривыми зубами.

И Трент поцеловал ее.

*В издательстве «ЭКСМО-Пресс»
готовится к выходу роман Сандры Браун
«Нет проблем?»*

*

Марни слыла недотрогой. Когда-то в юности она была влюблена в Ло Кинкейда — любовника своей сестры — и пронесла это чувство через всю жизнь, тем более что после смерти сестры воспитывали его сына. Однако когда знаменитый астронавт полковник Кинкейд возник на пороге ее дома, обвиняя Марни в грязном шантаже, она испытала настоящий страх — неужели этот человек отберет у нее самое дорогое — любовь и уважение приемного сына?

Сандра Браун

НЕТ ПРОБЛЕМ?

1

„П орше" мчался по улицам, подобно черной блестящей пантере, и вдруг внезапно затормозил со скрежетом, напоминавшим рычание дикого зверя.

Марни Хиббс склонилась над цветочной клумбой, проклиная мелких мошек, вьющихся над самым ухом, когда ее внимание привлек шум мотора. Она взглянула через плечо и испугалась, потому что машина остановилась прямо перед ее домом.

— Боже, неужели уже так поздно! — пробормотала женщина. Бросив совок, она выпрямилась и отряхнула с колен прилипшую грязь.

Марни хотела поправить растрепавшиеся волосы, но вовремя заметила, что на руках у нее грязные рабочие перчатки. Она быстро сняла их и бросила рядом с совком, устремляя взгляд на водителя, выходящего из спортивной машины и направляющегося к дому.

Взглянув на часы, поняла, что еще есть время. Просто он пришел намного раньше намеченного срока. В результате первое впечатление о ней у него сложится не очень хорошее. Неприятно встречать человека в столь затрапезном виде, а ей так нужно получить этот заказ.

Стараясь улыбаться, Марни направилась по садовой дорожке, чтобы встретить гостя, одновременно пытаясь вспомнить, все ли в порядке в доме и в мастерской.

Она, возможно, и похожа на черта, но он не должен заметить ее растерянность. Самообладание — единственное, что может помочь достойно выйти из сложившейся ситуации.

— Здравствуйте, — сказала она, приветливо улыбаясь. — Я не ждала вас так рано.

— Ваша чертова игра слишком затянулась.

От неожиданности Марни резко остановилась.

— Извините, но я не...

— Кто вы такая, черт возьми?

— Мисс Хиббс. А кто вам нужен?

— Никогда не слышал это имя. Зачем вы затеяли такую опасную игру?

Она вопросительно посмотрела на огромный платан, растущий в саду, как будто он мог дать ответ на столь странный вопрос.

— Зачем посылаете мне эти письма?

— Письма?

Он явно был взбешен, а то, что она совсем ничего не понимает, казалось, только еще больше заводит его. Мужчина наклонился над ней, как ястреб над полевой мышью, так что женщине пришлось откинуть голову назад, чтобы смотреть ему в лицо. Он стоял против солнца, отбрасывая на нее длинную тень.

Это был высокий стройный блондин, дорого и модно одетый. Из-за темных очков она не видела глаз, поэтому решила, что они такие же злые, как и его лицо.

— Я не знаю, о чем вы говорите.

— Письма, милая, письма, — процедил он сквозь зубы.

— Какие письма?

— Не притворяйтесь!

— Вы уверены, что не ошиблись адресом?

Блондин сделал еще один шаг вперед.

— Я не ошибся адресом. — Было очевидно, что он разъярен и едва сдерживается.

— Конечно, ошиблись. — Ей все меньше нравилась эта нелепая ситуация. — Вы или пьяный, или сумасшедший, но в любом случае ошибаетесь. Я не тот человек, который вам нужен, и требую, чтобы вы немедленно ушли. Сию же минуту.

— Вы меня ждали. Я это понял по тому, как вы меня встретили.

— Я думала, вы из рекламного агентства.

— Какая чушь! Я не имею никакого отношения к рекламе.

— Слава богу. — Ей не хотелось иметь дело с таким грубым и невоспитанным агентом.

— Не прикидывайтесь! Вы прекрасно знаете, кто я, — сказал он, снимая солнцезащитные очки.

Марни изумленно посмотрела на него и непроизвольно отступила назад, потому что действительно узнала, кто это. Она прижала руку к груди, как бы пытаясь успокоить бешено бьющееся сердце, и прошептала:

— Ло.

— Верно. Ло Кинкейд. Именно так, как вы написали на конверте.

Она очень удивилась, увидев его после стольких лет — не в газете и не на телеэкране, а прямо здесь, перед собой, во плоти и крови. Годы, прошедшие с их последней встречи, почти не изменили его внешности, разве что он стал еще красивее.

Ей хотелось стоять и смотреть на него, но он взирал на нее с нескрываемым презрением, совершенно не узнавая.

— Давайте войдем в дом, мистер Кинкейд, — спокойно предложила она.

Соседи, пользуясь солнечным воскресным деньком, чтобы покопаться в саду, отвлеклись от своих дел и застыли на месте, с любопытством рассматривая гостя мисс Хиббс и его машину.

В том, что к ней в дом пришел мужчина, не было ничего особенного. Многие клиенты часто заходили к Марни обсудить деловые вопросы. Обычно это были скучные люди в строгих темных костюмах. И никто из них не выглядел как настоящая кинозвезда, ни у кого не было такой шикарной дорогой машины.

Эта часть Хьюстона отличалась от новых районов. Большинство ее жителей составляли люди среднего возраста и скромного достатка, имеющие недорогие автомобили. «Порше» здесь считался редкостью. Но, конечно, не только машина привлекала их внимание. Никто никогда не видел, чтобы кто-нибудь так кричал на Марни.

Она повернулась и повела Ло Кинкейда по дорожке, ведущей к дому. В помещении, где работал кондиционер, дышать стало легче, но так как Марни совершенно промокла от пота, то сразу замерзла. А может быть, она дрожала потому, что снова встретила этого человека.

— Проходите, пожалуйста.

Через довольно большой холл, типичный для домов довоенного времени, они прошли на застекленную террасу, служившую ей мастерской. Тут она чувствовала себя привычнее, и здесь легче было примириться с тем, что Ло Кинкейд снова вошел в ее жизнь, да еще так странно и неожиданно.

Когда Марни обернулась, то увидела, что гость внимательно осматривает мастерскую.

— Ну, — сказал мистер Кинкейд.

Было очевидно, что он ждет объяснений, но Марни совершенно не понимала, в чем тут дело.

— Я ничего не знаю о письмах, мистер Кинкейд.

— Их отправляли отсюда.

— Значит, на почте произошла ошибка.

— Маловероятно. Не пять же раз за последние несколько недель. Послушайте, миссис... как ваше имя?

— Хиббс, мисс Хиббс.

Он еще раз быстро и внимательно посмотрел на нее.

— Мисс Хиббс, мне тридцать девять лет, и я никогда не был женат. Я давно уже не мальчик и не могу помнить всех, с кем когда-то переспал.

Ее сердце забилось еще сильнее, дыхание стало частым.

— Я никогда не спала с вами.

Он чуть прищурился и окинул ее надменно-вызывающим взглядом.

— А как же вы тогда пишете, что у вас от меня сын? Сын, о котором я никогда не слышал, до тех пор, пока несколько недель назад не получил первое письмо.

Марни продолжала вопросительно смотреть на него, но почувствовала, как кровь отхлынула от лица. Будто земля уходила из-под ног. «Этого просто не может быть», — пронеслось у нее в голове.

— У меня нет детей, и, повторяю, я никогда не посылала вам писем. — Марни показала на стул. — Почему же вы не садитесь? — Она предложила ему сесть не из вежливости и не заботясь о его удобстве. Марни боялась, что, если сама немедленно не сядет, у нее подогнутся колени, и она просто упадет.

Перед тем как опуститься в ротанговое кресло, мужчина на секунду задумался. Он присел на самый край, как будто был готов вскочить в любой момент.

Понимая, что в грязных кроссовках, старых шортах и еще более древней майке она едва ли выглядит подобающим образом, Марни все же устроилась в кресле напротив со всем возможным достоинством, на которое была способна в данной ситуации. Она сидела прямо, сдвинув грязные колени и нервно сжимая руки.

Марни чувствовала себя раздетой под его проницательным взглядом, скользившим по ее лицу, растрепавшимся волосам, рабочей одежде и испачканным коленям.

— Но вы узнали меня, — произнес он обвиняющим тоном.

— Каждый, кто смотрит телевизор и читает газеты, узнал бы вас. Вы самый известный астронавт после Джона Гленна.

— И пожалуй, я очень удобная мишень для психа, у которого поехала крыша.

— Я не псих!

— Тогда почему же вы посылаете мне письма? Это совсем неоригинально. Я получаю таких писем штук десять в день.

— Рада за вас.

— Не все письма такие уж хорошие. Одни от религиозных дураков, которые считают, что мы пошли против бога. Некоторые находят доказательство этому в катастрофе «Челленджера». Так сказать, в наказание за вмешательство в божественное устройство мира и прочая чепуха. У меня были предложения жениться и другие непристойные предложения, — сухо добавил он.

— Вам везет!

Не обращая внимания на ее язвительное замечание, он продолжал:

— Но ваши письма очень оригинальны. Вы первая, кто написал, что у вас от меня ребенок.

— Разве вы не слышали? Я же сказала, что у меня нет детей. Как же вы можете быть их отцом?

— Я говорю совершенно серьезно, мисс Хиббс! — закричал он, очевидно, окончательно теряя терпение.

Марни встала. Кинкейд тоже. Он следил за тем, как она подходит к своему рабочему столу и рассеянно перекладывает карандаши и кисти, стоящие в разных подставках.

— Вы также первая, кто грозит рассказать об этом, если я не выполню ваших требований.

Она повернулась и встретилась с яростным взглядом синих глаз

— Как же я могу вам угрожать? Вам, известному герою-астронавту! Все американцы восторженно следили у телевизоров за космическим рукопожатием с русским космонавтом. В Нью-Йорке была торжественная встреча в честь вашего экипажа. Президент пригласил вас на обед в Белый дом. Благодаря вам в лучшую сторону изменилось общественное мнение о НАСА, которое было не очень хорошим после катастрофы «Челленджера». Стихла критика о полетах человека в космос. Надо быть полной дурой или сумасшедшей, чтобы сражаться с такой знаменитостью. Уверяю вас, я ни то, ни другое.

— Вы назвали меня Ло.

Она сама почувствовала, что слишком увлеклась, и эта короткая фраза слегка отрезвила ее.

— Вы назвали меня Ло. Значит, вы меня узнали!

— Но это же ваше имя.

— Обычно малознакомые люди называют меня полковник Кинкейд. Ло называют меня только друзья.

Она сделала вид, что не обратила внимания на это замечание.

— Чего же требуют от вас в этих письмах?

— Прежде всего денег.

— Денег? — удивилась она. — Как это низко.

— После публичного признания моего сына.

Марни отодвинулась от него. Когда он так близко, она не могла спокойно думать. Она начала перебирать эскизы, лежавшие на столе.

— Я независимая, самостоятельная женщина. Я бы никогда не попросила денег ни у вас, ни у кого-то другого.

— Вы живете в хорошем месте, в большом доме.

— Это дом моих родителей.

— Они живут с вами?

— Нет, отец умер, а маму несколько месяцев назад парализовало, и она сейчас находится в пансионате. — Марни сложила эскизы и посмотрела на него. — Я сама зарабатываю себе на жизнь. А, собственно, какое вам до этого дело?

— Я думаю, жертва должна знать своего преследователя. Во всех отношениях, — добавил Кинкейд довольно двусмысленно.

Он снова окинул ее взглядом. На этот раз медленнее и внимательнее. Она заметила, что его взгляд остановился на ее груди, к которой прилипла мокрая от пота майка.

— Прошу меня извинить, — поспешно сказала она, чувствуя, что ее голос звучит немного неестественно. — Ко мне скоро должны прийти, и мне нужно привести себя в порядок.

— Кто должен прийти, агент?

Заметив ее удивленный взгляд, он пояснил:

— Вы упомянули о нем, как только я пришел.

— Да, он должен отобрать эскизы для комиссии.

— Так вы художница?

— Иллюстратор.

— И где вы работаете?

— Я внештатный сотрудник, выполняю отдельные заказы.

— А можно поинтересоваться, над чем вы сейчас работаете?

— Над обложкой хьюстонского телефонного справочника.

Он удивленно приподнял свои темные брови.

— Звучит довольно интересно.

— Я еще не получила заказ.

— Это для вас важно?

— Конечно. А сейчас, если позволите...

Когда она пыталась пройти мимо него к двери, он поймал ее за руку.

— Должно быть, трудно жить от одного заказа до другого, когда приходится самой содержать дом и платить за лечение матери.

— Я справляюсь.

— Но вы небогаты.

— По большому счету нет.

— Поэтому вы пишете мне письма с угрозами, правда же? Чтобы получить от меня деньги.

— Нет, говорю же вам еще раз, я не писала писем.

— Шантаж — это тяжкое преступление, мисс Хиббс.

— Обвинение в шантаже — тоже тяжкое преступление. А теперь отпустите мою руку.

Ей было не больно, но немного не по себе оттого, что он находился слишком близко. Так близко, что она ощущала запах его одеколона, тепло дыхания, видела хорошо знакомые по обложкам журналов глаза.

— Вы кажетесь достаточно благоразумной.

— Это комплимент?

— Зачем же вы посылали мне анонимные письма с обратным адресом?

— Я же сказала, что не посылала никаких писем. Кстати, где они? Я бы хотела на них взглянуть.

— Неужели я произвожу впечатление полного идиота? Зачем бы я стал показывать вам их?

— Для вас это очень серьезно? — глядя ему прямо в глаза, спросила она.

— Сначала я так не считал, но после пятого письма, в котором вы пишете, что ребенку необходим отец, я понял, что пришла пора встретиться.

— Я не стала бы искать отца своему ребенку.

— Даже столь известного, как я?

— Тем более.

— Даже в том случае, если скандал стал бы концом моей карьеры? Кое-кому такая игра могла бы показаться беспроигрышной!

— Только не мне. Я ведь уже сказала, у меня нет ребенка.

Сразу после этих слов послышался шум открывающейся двери, а потом раздались чьи-то шаги. На пороге стоял высокий стройный юноша.

— Ма, что за клевая тачка стоит перед нашим домом?

* * *

В наступившей тишине Марни услышала стук собственного сердца. Ей не хотелось, чтобы по выражению ее лица мальчик о чем-нибудь догадался. Она бросила взгляд на Ло. Тот пристально смотрел на Дэвида. На красивом лице застыло недоверие.

Наконец Дэвид узнал его.

— Бог мой, это же Ло Кинкейд! Вот это клево.

— Дэвид, я же просила тебя не говорить так.

— Прости, мам, но это Ло Кинкейд. Подумать только, сам Ло Кинкейд в нашем доме.

Недоверчивый взгляд сменился улыбкой, и к Ло вернулось хорошее настроение.

— Дэвид? Рад познакомиться. — Он сделал шаг вперед и пожал мальчику руку.

Марни стояла на другом конце комнаты и держалась за стол, чтобы не упасть. Дэвид был почти одного роста с Ло. У него были такие же белокурые волосы и такие же голубые глаза. Он еще не совсем вырос, но со временем станет точной копией Ло. Посмотрев на Ло, можно было сказать, каким будет Дэвид.

К счастью, Дэвид был так поражен приездом известного астронавта, что не заметил сходства с собой.

— В моей комнате висит плакат «Виктории». Я не верю своим глазам. Как вы у нас оказались? Мой день рождения еще не скоро. — Он посмотрел на Марни и засмеялся. — Это тот самый необыкновенный подарок, на который ты намекала? А, знаю, ты будешь рисовать его, правильно?

Ло повернулся к Марни и вопросительно взглянул на нее. Его взгляд обжег ее, но она ничем не выдала своих чувств. Ло с удивлением повторил:

— Рисовать меня?

— Я пока еще не совсем уверена...

— Ой, я нечаянно проговорился. Вы еще не договорились? Она должна нарисовать обложку для телефонного справочника. Вчера вечером мама сказала, что предполагает изобразить астронавта и что ей хочется, чтобы это были именно вы.

— Да? А почему именно я?

— Думаю, она считает вас самым красивым и известным астронавтом.

— Понятно. Что ж, мне очень приятно.

— А вы будете позировать?

Ло отвел взгляд от Марни и вновь посмотрел на Дэвида.

— Конечно, буду. Почему бы не попробовать?

— Вот это здорово.

— В этом нет необходимости, — вмешалась Марни. — Я уже сделала наброски с фотографии. — Дрожащей рукой она показала на кипу рисунков.

— Давайте посмотрим.

— Они еще не готовы.

— Разве ты не собиралась показать их издателю?

— Да, но он хорошо понимает разницу между черновым вариантом и законченным рисунком.

— Я тоже. Мне бы хотелось посмотреть. — Ло явно бросал ей вызов. Поймав вопросительный взгляд Дэвида, Марни поняла, что у нее нет выбора.

— Хорошо, конечно, — произнесла она как бы между прочим, протягивая Ло наброски.

— Это вы! — воскликнул Дэвид, указывая на человека, изображенного на фоне Хьюстона. — Правда, похож?

— Даже очень. — Ло вопросительно взглянул на Марни. — Как будто она хорошо меня знает.

— У нее здорово получилось, — хвастливо произнес Дэвид.

Марни забрала рисунки.

— Поскольку вы одобряете мой набросок, не могу вас дольше задерживать, полковник Кинкейд. Спасибо, что заехали.

Ее прервал звонок в дверь.

— Я открою! — крикнул Дэвид. Спустившись на две ступени, он обернулся. — Вы не уйдете, пока я не приду?

— Нет, я еще немного побуду здесь.

— Отлично!

Мальчик побежал открывать входную дверь.

Ло приблизился к Марни и схватил ее за руку.

— Ты же говорила, что у тебя нет сына, — с яростью произнес он.

— Это правда.

— А как же Дэвид?

— Он не мой сын.

— Да, но... И он похож на меня.

— Он...

— Я не помню, чтобы спал с тобой.

— Этого не было. Ты не узнал меня?

— Нет, не узнал, но есть вещи, которые не забываются.

Он с силой притянул ее к себе. Прежде чем она сумела опомниться, его губы крепко прижались к ее рту. Марни пронзило острое желание. Но и Ло не остался равнодушным.

Это открытие поразило его. Он посмотрел на женщину с нескрываемым удивлением, а потом резко оттолкнул от себя.

К счастью, все произошло в течение нескольких секунд, за которые Дэвид успел провести заказчика в мастерскую. Когда они вошли в комнату, Ло стоял у стола и был похож на невинного младенца. Марни застыла посреди комнаты, чувствуя свою беспомощность, как будто неожиданно оказалась одна посреди океана.

— Мистер Говард, — ее губы нервно подергивались, — извините меня за мой вид. Я работала в саду, когда неожиданно приехал полковник Кинкейд.

Марни напрасно беспокоилась за свой внешний вид. Агент не обратил бы на нее никакого внимания, даже если бы она предстала перед ним совершенно голой.

— Какая неожиданная встреча! — восторженно воскликнул мистер Говард, протягивая руку известному астронавту. — Мне очень приятно.

— Спасибо.

И только после этого он обратился к Марни:

— Мисс Хиббс, вы никогда не говорили мне, что знакомы с нашим национальным героем.

Ло нахмурился.

— Впрочем, почему вы должны кому-то говорить об этом?

— Полковник Кинкейд будет изображен на обложке телефонного справочника, — встрял Дэвид.

— Если мне поручат эту работу, — смутилась Марни.

Ее губы все еще горели от поцелуя Ло, и она боялась, что выдаст себя.

— Хотите посмотреть наброски, мистер Говард?

— А мы пока прокатимся с Дэвидом.

— На «Порше»? — восторженно спросил Дэвид. Он издал воинственный клич, подпрыгнул и бросился из комнаты. — Инструктор разрешил мне ездить. Через несколько недель я получу права! — крикнул юноша, не оборачиваясь.

— Дэвид, не садись за руль, — испугалась Марни.

— Все будет в порядке.

— Куда вы поедете?

— Так, немного покатаемся.

— Когда вы приедете?

— Скоро.

Марни готова была закричать, потому что Ло не дал никакого вразумительного ответа. Она не хотела отпускать от себя Дэвида.

Но мистер Говард был рядом, поэтому пришлось вести себя благоразумно. Она видела, как Ло не спеша прошел по коридору и вышел на улицу, где его уже ждал Дэвид.

— Вы давно знакомы с полковником Кинкейдом? — заискивающе спросил Говард.

Марни поняла, что он умирает от любопытства.

Через двадцать минут Говард ушел. Она была уверена, что ему понравились ее эскизы. Однако он сказал, что еще два художника хотят получить этот заказ и окончательное решение остается за телефонной компанией.

— У вас более авангардная работа, чем у других.

— Это плохо?

— Нет, — улыбнулся он. — Пора отказываться от традиций. Через неделю мы сообщим о результатах.

Она проводила его до двери. Ло и Дэвида еще не было. Марни начала беспокоиться.

«Куда они уехали? О чем говорят? Какие вопросы задает Ло Дэвиду?»

Чтобы как-то успокоиться и занять себя, Марни решила принять душ. Вскоре она вышла из своей комнаты, посвежевшая, в эффектном белом платье и подходящем к случаю макияже. Теперь она чувствовала себя гораздо увереннее, чем в шортах и майке.

Услышав голоса в комнате Дэвида, Марни облегченно вздохнула. Заглянув туда, она увидела, что мальчик восхищенно слушает рассказ Ло о том, как он выходил в открытый космос.

— Вам не было страшно?

— Нет. До этого мы много раз отрабатывали каждый шаг, поэтому я знал, как все будет происходить.

— Но ведь могло что-то случиться?

— Могло. Но на корабле команда, которая все контролирует, и такая же команда на Земле.

— Что вы чувствовали на старте?

Ло закрыл глаза.

— Непередаваемые ощущения. Это было итогом трудной и долгой работы, учебы, тренировок, раздумий. Но полет стоит того.

Дэвид придвинулся к нему ближе.

— О чем вы думали?

— Честно? Я боялся наделать в штаны.

Дэвид засмеялся.

— Нет, правда.

— Ну, еще думал: «Вот то, к чему ты стремился всю жизнь. Ты выполнил свое жизненное предназначение».

— Здорово.

Восторженное выражение лица Дэвида встревожило Марни.

— Извините, что помешала, но мне надо ехать в пансионат. Дэвид, ты опаздываешь на футбольную тренировку.

— Мам, ты не поверишь, я сам водил машину. Это классная штука, как будто сидишь в кабине самолета, правда?

— Почти. Поэтому и купил ее. Когда я не летаю на самолете, получаю те же ощущения в машине.

— Это здорово, мам. Тебе надо было поехать с нами. — Затем, почувствовав себя виноватым, Дэвид спросил: — Чем закончился ваш разговор с мистером Говардом?

— Ему понравились мои работы, но он ничего не обещал. Тебе пора идти, Дэвид.

— Ты играешь в футбол? — спросил Ло, вставая с кровати Дэвида.

— Я полузащитник в школьной команде «Торнадо». Мы можем стать чемпионами города.

— Мне нравится твоя уверенность, — широко улыбнулся Ло.

— Чтобы победить, надо тренироваться.

— Тогда не опаздывай на тренировку.

Они направились к двери, у которой стояла Марни.

— Вы еще побудете здесь?

— Нет, — быстро ответила Марни за Кинкейда и увидела перед собой две пары совершенно одинаковых глаз с одинаковым выражением разочарования в них. Она не могла сдержать улыбку.

Литературно-художественное издание

Сандра Браун

СЕРАЯ МЫШКА

Редактор *В. Бологова*
Художественный редактор *Е. Савченко*
Технический редактор *Н. Носова*
Компьютерная верстка *А. Щербакова*
Корректор *Г. Титова*

ЗАО «Издательство «ЭКСМО-Пресс». Изд. лиц. № 065377 от 22.08.97.
125190, Москва, Ленинградский проспект, д. 80, корп. 16, подъезд 3.
Интернет/Home page — www.eksmo.ru
Электронная почта (E-mail) — info@ eksmo.ru

По вопросам размещения рекламы в книгах издательства «ЭКСМО»
обращаться в рекламное агентство «ЭКСМО». Тел. 234-38-00

Книга — почтой: Книжный клуб «ЭКСМО»
101000, Москва, а/я 333. E-mail: bookclub@ eksmo.ru

Оптовая торговля:
109472, Москва, ул. Академика Скрябина, д. 21, этаж 2
Тел./факс: (095) 378-84-74, 378-82-61, 745-89-16
E-mail: reception@eksmo-sale.ru

Мелкооптовая торговля:
117192, Москва, Мичуринский пр-т, д. 12/1
Тел./факс: (095) 932-74-71

ООО «Медиа группа «ЛОГОС». 103051, Москва, Цветной бульвар, 30, стр. 2
Единая справочная служба: (095) 974-21-31. E-mail: mgl@logosgroup.ru
contact@logosgroup.ru

ООО «КИФ «ДАКС». Губернская книжная ярмарка.
М. о. г. Люберцы, ул. Волковская, 67.
т. 554-51-51 доб. 126, 554-30-02 доб. 126.

Книжный магазин издательства «ЭКСМО»
Москва, ул. Маршала Бирюзова, 17 (рядом с м. «Октябрьское Поле»)

 Сеть магазинов «Книжный Клуб СНАРК» представляет
самый широкий ассортимент книг издательства «ЭКСМО».
Информация в Санкт-Петербурге по тел. 050.

Всегда в ассортименте новинки издательства «ЭКСМО-Пресс»:
ТД «Библио-Глобус», ТД «Москва», ТД «Молодая гвардия»,
«Московский дом книги», «Дом книги на ВДНХ»

ТОО «Дом книги в Медведково». Тел.: 476-16-90
Москва, Заревый пр-д, д. 12 (рядом с м. «Медведково»)

ООО «Фирма «Книинком». Тел.: 177-19-86
Москва, Волгоградский пр-т, д. 78/1 (рядом с м. «Кузьминки»)

ООО «ПРЕСБУРГ», «Магазин на Ладожской». Тел.: 267-03-01(02)
Москва, ул. Ладожская, д. 8 (рядом с м. «Бауманская»)

Подписано в печать с готовых диапозитивов 08.04.2002.
Формат 84x108 ^{1}/32. Гарнитура «Таймс». Печать офсетная.
Бум. газ. Усл. печ. л. 16,8. Уч.-изд. л. 8,8.
Тираж 10 000 экз. Заказ № 5326.

Отпечатано в полном соответствии с качеством
предоставленных диапозитивов в Тульской типографии.
300600, г. Тула, пр. Ленина, 109.

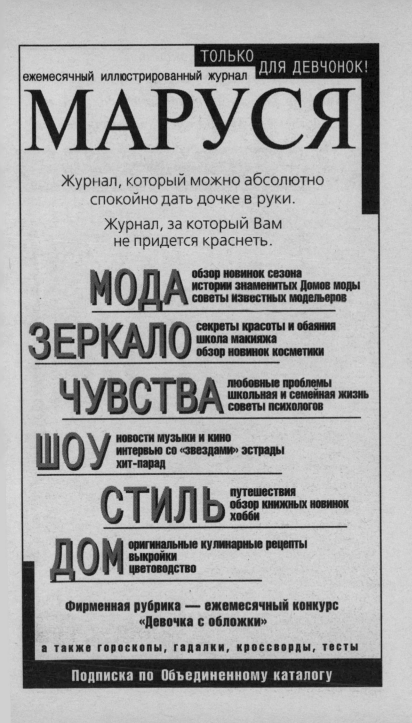